U0923634

幸福的建筑

[英] 阿兰・德波顿 著
冯涛 译

ALAIN DE BOTTON
阿兰・德波顿作品集

上海译文出版社

献给夏洛特

文学的意义
——新版作品集代总序

阿兰·德波顿

在人类为彼此创造的艺术形式和作品中，有一个门类占据了最大比重，即以某种形式探讨伤痛。郁郁寡欢的爱情，捉襟见肘的生活，与性相关的屈辱，还有歧视、焦虑、较量、遗憾、羞耻、孤立以及饥渴，不一而足；这些伤痛的情绪自古以来就是艺术的主要成分。

然而在公开的谈论中，我们却常常勉为其难地淡化自身的伤情。聊天时往往故作轻快，插科打诨；我们头顶压力强颜欢笑，就怕吓倒自己，给敌人可乘之机，或让弱者更为担惊受怕。

结果就是，我们在悲伤之时，还因为无法表达而愈加悲伤——忧郁本是正常的情绪，却得不到公开的名分。于是，我们在隐忍中自我伤害，或者干脆听任命运的摆布。

既然文化是一部人类伤痛、悲情的历史，那么，所有的问题都能予以修正，把绝望的情绪拉回人之常情，给苦难的回味送去应有的尊严，而对其中的偶然性或细枝末节按下不表。卡夫卡曾提出："我们需要的书（尽管也适用于其他任何艺术形式）必须是一把利斧，可以劈开心中的冰川。”换言之，找到一种能帮助我们从麻木中解脱的工具，让它担当宣泄的出口，可以让我们放下长久以来对隐忍的执念。

细数历史上最伟大的悲观主义者，他们中的每一人都能抚慰这种被压抑的苦楚。用塞内加的话说：“何必为部分生活而哭泣？君不见全部人生都催人泪下。”或者就像帕斯卡的喟叹：“人之伟大源于对自身不幸的认知。”而叔本华则留下讽刺的箴言：“人类与生俱来的错误观念只有一个，即以为人生在世的目的是为了得到幸福……智者知道，人间其实不值得。”

这种悲观主义缓和了无处不在的愁绪，让我们承认：人生下来就自带瑕疵，无法长久地把握幸福，容易陷入情欲的围困，甩不掉对地位的痴迷，在意外面前不堪一击，并且毫无例外地，会在寸寸折磨中走向死亡。

这也是我们在艺术作品中反复遭遇的一类场景：他人也有跟我们同样的悲伤与烦恼。这些情绪并非无关紧要，也无须避之不及，或被认为不值思量。关键在于我们如何看待。艺术作品带我们走近那些对痛苦怀有深刻同情的人，去触摸他们的精神和声音，而且允许我们穿越其间，完成对自身痛苦的体认，继而与人类的共性建立连接，不再感觉孤立和羞耻。我们的尊严因而得以保留，且能渐次揭开最深层的为人真理。于是，我们不仅不会因为痛苦而堕入万劫不复，还会在它的神奇引领下走向升华。

不妨把自己想象成一组同心圆。所有一眼望穿的事物都在外圈：谋生手段，年龄，教育程度，饮食口味和大致的社会背景。不难发现，太多人对我们的认知停留在这些圈层。而事实上，更内里的圈层才包裹着更隐秘的自身，包括对父母的情感、说不出口的恐惧、脱离现实的梦想、无法达成的抱负、隐秘幽暗的情欲，乃至眼前所有美丽又动人的事物。

虽说我们也渴望分享内里的圈层，却又总是止步于外面的圈层。每当酒终人散，回到家中，总能听见心中最隐秘的部分在细雨中呼喊。传统上，宗教为这种难耐的寂寞提供了理想的解释和出路。宗教人士总说，人的灵魂由神创造，惟有神才能知晓其间最深层的秘密。人也永远不会真正地孤独，因为神总是与我们同在。宗教以其动人的方式关照到一个重要命题，意识到人对被深刻了解和赞赏的愿望何其猛烈，并且大方地指出，这种愿望永远也无法在其他凡人身上得到满足。

而在我们的想象空间里，取代宗教地位的是人和人之间的爱情膜拜，俗称浪漫主义。它朝我们抛来一个漂亮而轻率的想法，认为只要我们足够幸运和坚定，从而遇到那个被称为灵魂伴侣的高维存在，就有可能打败寂寞，因为他们能读懂我们的所有秘密和怪癖，看清我们的全貌，并且依然为这样的我们陶醉沉迷。然而，浪漫主义过后，满地狼藉，因为现实一再将我们吊打，证明他人永远无法看透我们的全部真相。

好在，除了爱情和宗教的诺言之外，尚有另一种可用来关照寂寞的资源，并且还更为靠谱，那就是：文学。

目录

中文版序言

阿兰·德波顿

假如我们对建筑的外观根本无所谓的话倒真是省了心，可很不幸，我们事实上极易受到周围环境的影响。“美”在很大程度上主导着我们情绪的变化。当我们称赞一把椅子或是一幢房子“美”时，我们其实是在说我们喜欢这把椅子或这幢房子向我们暗示出来的那种生活方式。它具有一种吸引我们的“性情”：假如它摇身一变成为一个人的话，正是个我们喜欢的人。假如我们不论身处何处，是廉价的汽车旅馆还是堂皇的宫殿，都能保持类似情绪的话事情也就好办了（想想如果我们不再需要重新装修我们的住房的话该省下多少钱），可不幸的是我们极易受到从我们周遭的环境中散发出来的那些电码般隐含信息的影响。这也就能解释我们为什么对建筑和家庭装潢会如此热中了：这些东西能帮我们确定我们是何许人也。

自然，建筑只靠一己之力并不总能使我们心满意足。证据就是哪怕身处田园牧歌的环境中我们仍可能心生不满。我们是否可以这样说：建筑只是向我们暗示出某种情绪，我们的内心如果太过纷扰的话就可能对其视而不见。建筑的功效就好比是天气：单是阳光明媚的一个好天就足以改变我们的精神状态——有些人为了距离阳光充足的气候更近一些会宁肯付出巨大的牺牲；可另一方面，如果你正麻烦多多（比如正深受爱情或职业问题的困扰），那么不论天多么蓝，建筑多么伟大，都无法使你展颜一笑。也正因此，你很难将建筑提升为一个需优先考虑的政治问题：它丝毫不具备清洁的饮用水或安全的食品供应那种斩钉截铁的优势地位。可是它仍然至关重要。

那么中国现今的建筑又是怎样的情况呢？二十世纪的绝大部分时间内，西方最主流的现代建筑师都认为努力赋予建筑以民族的特性是荒唐可笑的。他们无意创造可以归之为“墨西哥式”“瑞士式”或“苏格兰式”的建筑作品。他们渴望一种如今称之为“国际风格”的东西，此种风格似乎正适合一个每天都因交通和信息革命而被压缩得越来越小的世界。他们希望他们的建筑不论是在纽约还是内罗毕，在悉尼还是里约热内卢都一式一样，因此他们避免采用那些只有极少数地域才能出产的珍贵材料，而是大量应用混凝土、钢铁或是玻璃之类，就连那些相对来说能引发联想和地域色彩的石头或黏土，他们都敬而远之。这些建筑师瞩望的是一个地域特色从他们的职业中完全消失不见的理性时代，就像他们在工业和产品设计领域已经做到的那样。不管怎么说，毕竟不存在民族风格的现代桥梁、电动剃须刀或是雨伞这样的东西。维也纳建筑师阿道夫·洛斯曾打过个比方：要求特别属于奥地利式的建筑就好比要求特别属于奥地利样式的自行车或电话机一样荒唐透顶。假如说科学和艺术是普适性的，那干吗要求建筑具有地域的不同？像亚特兰大和法兰克福这样的城市中的现代商务区就正是这些现代主义者梦想的缩影，你单从这些区域的建筑来判断绝对搞不清自己到了哪个国家。

然而在我们自己的旅行当中，我们却认识到，别的国家的建筑中最有吸引力的却正是区别于它的邻国的那些东西。我一踏上中国的土地，立即就被那些风格上的不同所吸引。在一个高速公路的加油站，我的目光紧紧盯住的是加油站那木质的覆层或是一家商店前立面中一块黑乎乎的粗糙石块。踏入一个全新国家的兴奋正是跟这些细枝末节紧密相连的，它们之于一幢建筑正如鞋子之于一个人：会意外而又强烈地透露出与众不同的性格。我在它们身上发见了民族特性的蛛丝马迹，激发你四处旅行的关键因素正在于此。它们正是与众不同的中国式幸福的许诺。这样的情感并非源于对民俗式异国情调的天真向往，而是来自一种希望：不同国土之间的真正差别应该在建筑层面上得到适当的表达。我期待那些能助我意识到我此刻正在此地而非彼地的路标、屋顶、窗户和整幢建筑。

然而，大多数中国当代的建筑却并不倾向于展现当地的地域特性。冷漠的写字楼支配着城市的地平线，它们呆板的外观无声地嘲弄着你为了来到这里所经历的千山万水。即便在相对而言的住宅区里，建筑也完全缺乏任何地域特征。在地产商兴建的新兴开发区内，每一幢房子所采用的材料和外观几乎跟世界上的任何其他部分一般无二。你在中国的建筑中却极少能发见中国的特征。

不过，对地域风格的渴望得到了确认后，马上就有个更大的问题需要解决：这种地域风格具体应该是什么模样。这个问题在别的国家曾以某些准神秘主义的方式得到过回答，就仿佛是说一个国家的边界线是以某种客观的方式划定的一样，认为建筑应该对某些不辩自明的个性作出解读，并被动地予以反映。

可事实上，没有一个国家曾专有过或始终锁定于一种风格。一个国家的建筑特性就像这个国家整体的民族特性一样，是创造出来的，而不是被动地由其国土决定的。历史、文化、气候和地理都会提供一个广阔的范围以供建筑选择与之产生回应的可能的主题。因此，争论的焦点就并非在于一个国家或民族的风格应该就是什么，而在于它能够表现为什么。建筑师拥有选择的特权，可自由地选择当地精神中那些他乐于相信的侧面予以表现。一种称得上有所传承的中国建筑或许应该是一种能够体现其所处时代与地域的某些最珍贵的价值观以及最高的雄心壮志的建筑——一幢可视作一种可行之理想体现的建筑。

一切设计与建筑作品，从议会大厦到一把叉子或一个茶杯，都在向我们讲述一种最适合在其内部或围绕其周围展开的特定生活。它们告诉我们某些它们鼓励其所有者具有并坚持下去的特定情绪。在为我们保暖及在机械的意义上帮助我们的同时，它们还提出一种敦请，促使我们成为特别的某种人。它们讲述的是某些特定种类的幸福。因此，将某幢中国的建筑描述为“美”的，其含义也就并非限于纯粹的美学喜好；它还暗示出你受到这幢建筑通过其屋顶、门把手、窗框、楼梯和家具促成的那种特定的生活方式的吸引。“美”的感受是个标志，它意味着我们邂逅了一种能够体现我们理想中的优质生活的物质表现。

一幢理想的现代中国建筑的品质可以比之于一个具有代表性的令人倾慕的中国人的品质。斯里兰卡建筑师杰弗里·巴瓦[1]曾表示他希望自己祖国的建筑能够体现他那个时代最开明的斯里兰卡人的见解和态度：它应该既能充分意识到这个国家殖民地历史的负担和特权，又不被这些东西所压倒；它应该敏于采用现代的科技而又能保持一种跟传统与信仰的关联。确实正是这样一种当代理想化的斯里兰卡人的形象，激发巴瓦在科伦坡市郊筑就了议会岛建筑群。这组建筑是当地与国际、历史与现代的综合体，屋顶采用的是前殖民时期佛教圣地康提的寺院与皇宫的宝盖顶形式，而内部则成功地综合了僧伽罗、佛教和西方特色。巴瓦的建筑不但为国家的立法机关提供了一个家，而且向我们这些外国人展示了一个现代斯里兰卡公民可能呈现的迷人形象。

要我来建议中国的新建筑应该是什么样子是决无可能的——而且非常冒昧无礼。不过，有一点似乎还是可以肯定的：你只有在弄清楚了中国想要成为什么样的国家以及她应该秉持什么样的价值观之后，才有可能来讨论中国的建筑应该是什么样子。

1 Geoffrey Bawa（1919—2003）：杰出的斯里兰卡建筑师与风景园林设计师，获 1999—2001 年第八届阿卡·汗建筑奖。——译者

一　建筑的意义

003.

1

一条林阴道上的一幢联排式房屋。今天早些时候，这幢房子跟孩子哭大人叫的声音一起鸣响，不过自打最后的住户几小时前（背着书包）离开后，就剩它独自细品晨间况味了。阳光已经越过对面建筑的山墙，落地窗眼下正沐浴其中，屋内的墙壁涂上了一层浅黄，粗糙的红色砖墙立面也给晒得暖洋洋的。一粒粒尘埃在光线的照射下似乎正应和着一曲无声华尔兹的节奏起舞。门厅里可以听见几个街区之外繁忙市声的低语。偶尔，信箱会砰地打开，接纳一份可怜的活页广告。

这幢房子像是颇为享受这份空寂。一夜过后，它正在重新调整自己，清空它的管道，活动一下自己的关节。这个威严老迈的造物——钢筋铁骨，木头的腿脚安居在泥土的床上——已经久历风霜：无数个球撞击过它花园的侧翼，各道门都经历过盛怒下的摔打，走廊沿线都是练习倒立的支撑，还要承受电器设备的重量和悲叹，忍受初出茅庐的管子工在它内脏里胡钻乱探。一户四口之家荫庇于其间，外加地基周围的一群蚂蚁，每逢春天，烟囱里还有几窝刚孵化出来的知更鸟。它还借一个肩膀给挨着花园墙生长的脆弱（也许只是懒惰）的香豌豆做倚靠，后者则只顾跟一群来来去去的蜜蜂调情。

这幢房子已然成长为一位颇有见识的见证人。它参与过最初的郎情妾意，眼看着家庭作业的完成，它观察过刚刚出院尚在襁褓中的婴儿，它曾被深更半夜厨房里的秘密会谈吵醒。它经历过冬日的傍晚，那时它的窗户冷得就像是盛冻豌豆的袋子，也经受过仲夏的黄昏，那时它的砖墙得承受宛若新出炉面包的热度。

它不仅是个物质的而且是个精神上的庇护所。它一直是个身份的卫护士。多少年来，它的主人去了又来，他们在房子里兜过一圈之后就会想起他们原本是谁。底层的石板诉说着安详和岁月的雍容，而厨房的碗橱则提供了沉着淡定的秩序与纪律的样板。餐桌，蒙着印有大棵毛茛图案的光滑桌布，则像是一阵顽皮心态的爆发，不过近旁板着脸的水泥墙面又将其中和了一下。沿着楼梯，那些小小的静物鸡蛋和柠檬又将你的注意力引向日常事物的复杂和优美。窗下的壁架上，一个插着矢车菊的玻璃花瓶能帮你有效地抵制沮丧的压力。楼上的一个狭窄的空房给你留出孵化新希望的空间，透过天窗你可以望见流云迅速地越过起重机和烟囱帽。

虽说这幢房子对住户的很多苦难束手无策，可它的每个房间却都见证了建筑所能带来的独一无二的幸福。

2

然而对建筑历来不乏一定的疑虑。主要针对的是此一对象的严肃性，其道德价值及其造价。一些全世界最聪明的人士对装潢和设计毫无兴趣，反而孜孜于那些无形和虚幻的事物，这不能不令人深思。

据说古希腊斯多葛派哲学家爱比克泰德[1]曾质问一位因房子烧成了白地而伤心欲绝的朋友："既然你很清楚是什么支配着宇宙，你怎么还这么放不下一堆砖瓦石块呢？"（他们的友谊又持续了多久则不详。）传说基督教隐士亚历山德拉在听到上帝的声音之后卖掉了房屋，将自己关在一个坟墓里，再也不看外面的世界，而她的同道中人西特的保罗隐士则睡在没有窗的泥窝棚地上的一条毯子上，而且每天吟诵三百句祷文，只有在听说还有个圣人每天吟诵七百句祷文而且睡在棺材里之后，他才觉得痛苦不堪。

这类的苦行在历史上可谓屡见不鲜。1137 年春，西多会的修士明谷的圣伯尔纳[2]一直绕着日内瓦湖旅行，却竟然没有注意到湖

1 Epictetus（约公元 55—约 135）：他遵从早期的斯多葛派，用宗教语气宣传其学说，本身并无著作，其学说由学生阿利安在两部书中传述，一为《谈话录》，一为《手册》。——译者

2 St. Bernard of Clairvaux（1090—1153）：天主教西多会修士、神秘主义者。在政治、文学、宗教等方面对西方文化有重大影响。在《〈雅歌〉讲道集》中阐明他的中心思想，即"惟有纯真地爱上帝才能充分认识上帝"。——译者

的存在。与此类似，四年后在他的修道院里，圣伯尔纳讲不清楚餐厅区域是否有个拱顶（事实上有）以及他自己教堂的高坛处有几扇窗户（三扇）。一次造访多菲内的加尔都西会时，这位圣伯尔纳令他的主人们大吃一惊，因为他是骑一匹华丽的白马抵达的，这可跟他宣誓秉持的苦修价值观正相抵牾，他却解释说这只动物借自一位富有的叔父，而在穿越法兰西整整四天的旅途中他竟然压根没注意到它长什么样。

3

话又说回来了，人类力图将物质世界塑造得优雅完美的坚持一直以来就与这类坚决蔑视视觉经验的努力旗鼓相当。人类为了雕梁画栋不惜扭伤了腰，为了在桌布上刺绣出动物来宁肯累花了眼。他们放弃周末的休息将不雅观的电缆线藏在架子后面。他们不惮其烦地琢磨什么样的厨房操作台才算合适。他们一直想象能住进杂志上登出来的那些贵得离谱的豪宅，然后又自觉感伤，感觉就像在拥挤的大街上跟一个迷人的陌生人擦肩而过。

我们似乎既受制于一种罔顾我们的感觉、麻木我们自己以安于我们环境的欲望，又有一种相反的冲动，要认同跟我们的个性必然联系在一起的广度，要跟我们所处的位置一起改变。一个丑陋的房间几乎能使任何一种针对生活的不完满而生的散漫疑虑固定成型，而一套光照充足、铺着蜜色石灰石地砖的一居室则能为我们心中的不论何等期望都加增信心。

对建筑之意义的信仰建基于环境的改变会导致我们自身的改变这样一种观念，不论是好是坏——以及建筑就是为了向我们生动地展示出我们理想的状态可以是什么样子的这样一种确信。

4

我们有时会急于赞美我们的周边环境带来的影响。在捷克共和国一幢房子的起居室里，我们看到一个实例：墙壁、椅子和地板如何能综合到一起产生一种气氛，在这种气氛中我们身上最好的侧面都特别容易展现出来。我们遂忙不迭地心怀感激承认一个单间所拥有的魔力。

不过对建筑的敏感也有很成问题的方面。如果一个单间就能改变我们的感受，如果我们的幸福就仰赖墙壁的颜色或房门的形状，那么当身处那些我们不得不观看和居住的绝大多数地方时，我们身上又会发生什么？当待在一幢窗户像监狱、地毯满是污迹、窗帘是塑料的房子里时，我们会经历怎样的情感体验？

我们之所以能对大部分环境视而不见，正是为了避免不断引发的苦恼，因为我们永远不可能远离潮湿的污迹和开裂的天花板，不可能远离支离破碎的城市和锈迹斑斑的船坞。我们无法不加选择地对那些我们无力加以改善的环境保持敏感——结果只能睁一眼闭一眼。如果响应斯多葛哲学家或日内瓦湖畔的圣伯尔纳的态

建筑可以向我们生动地展示出我们理想的状态可以是什么样子：
密斯·范·德·罗厄，用餐区，吐根哈特宅，布尔诺，1930

度，我们就会发现自己会认同，从根本上而言，一幢建筑到底是什么尊容，天花板上有什么东西或者墙壁上刷的是什么漆，实在没什么大不了——这种超然的表白与其说源自对美的漠然，毋宁说是为了躲避假如我们直面美的太多缺失所必然产生的悲哀。

5

对建造伟大建筑的雄心的疑虑从来不乏理由。建筑物很少能将建造它们所要求的种种努力体现出来。面对破产、延误、恐惧以及它们扬起的灰尘，它们一概羞答答地默不作声。那副漠不关心的面孔正是它们魅力的一种惯常的特征。只有当我们想在建造中插上一手时，我们才会陷入无尽的折磨：要说服各种材料和别的人手共同为我们的设计服务，要确保两块玻璃天衣无缝地拼合起来，确保一盏灯齐整地挂在楼梯顶上，确保锅炉一点就着，确保水泥柱子毫无怨言地嫁给房顶。

即便我们已经实现了我们的目标，我们的建筑仍具有一种将再度迅速地分崩离析的恐怖倾向。走进一幢刚刚装修好的房子你就会感到一种先入为主的沮丧——它迫不及待地要走下坡路：谁知道墙壁多快就会出现裂纹，白色碗橱多快就会变黄，地毯多快就会弄脏。对于任何期望着建筑工人能完成他们工作的人，古代的废墟都提供了一种充满冷嘲的教训。庞培古城的住户当初想必自豪得不得了。

弗洛伊德在他一篇题为《论无常》(1916)的论文中曾忆起他跟诗人里尔克一道在白云石山散步的情景。那是个优美的夏日：鲜花盛开，颜色亮丽的蝴蝶在草地上翩翩起舞。这位精神分析学家很高兴来到了户外(整个星期都阴雨不断)，可是他的同伴走起路来却垂着头，眼睛盯着地面，整个远足自始至终都沉默寡言。并非里尔克对身边的美景视而不见，他只是对世间万物都是多么短暂无常无法释怀。用弗洛伊德的话说，他无法忘记"这所有的美景注定要湮灭，冬天一到它就荡然无存了，就像所有人类的美以及所有人类所创造或可能创造的美一样"。

弗洛伊德却很不以为然；对他而言，只要具有爱任何美好事物的能力，不论它有多么脆弱，都是一种精神健康的证明。不过里尔克的思维方式，虽说有些不合时宜，却清楚地表明了美的稍纵即逝、短暂无常对于那些完全痴迷于美的人士而言，是多么心有戚戚、黯然神伤。这种天性抑郁的爱美狂能在窗帘样品下面看到虫蚀的小洞，刚看到计划就预见到破产。他们会在最后一刻取消跟房地产经纪的约会，因为意识到那幢已经出价的房子，以至于整个城市甚至人类文明本身都将毁灭坍塌，碎砖残瓦上将爬满得胜的蟑螂。为了不愿眼睁睁看着他们热爱的对象慢慢分崩离析，他们会宁肯租个房间或住在一只桶里。

在极端状态下，对建筑的狂热也可能使我们变为爱美狂和偏执狂，以博物馆警卫的警觉看着自己的房子，手里拿着块湿抹布或是海绵在每个房间里巡逻找寻污迹。这些爱美狂别无选择，只能放弃小儿女的陪伴，而且在跟朋友们聚餐时只能不理会大家的谈话，为的是集中精力注意看是否有人会靠到墙上无意中在上面留个头印。

以一种健旺的精神拒不赋予几个偶然的污点以真正的意义是令人愉快的。不过，爱美狂们也迫使我们认真考虑一下：幸福有时候是否并不在于有没有一个指痕，在某些情境下美和丑是否并非只有一线之隔，单单一个痕迹是否并不能毁掉一面墙，一处错笔是否并不能毁了一幅风景画。我们应该感谢这些敏感的心灵以一种戏剧化的诚实为我们在诸多相互冲突的价值中指明真正的对立：比如，对优美建筑的依恋与对多子多福、关爱有加的家庭生活的追求。

古代智者们建议我们不要将我们的期望值建立在任何有朝一日可能被熔岩吞没或被飓风掀翻，可能被巧克力污迹毁掉或是易吸葡萄酒渍的东西之上，实在称得上聪明之至。

6

建筑在创造幸福的能力方面——我们之所以如此关注建筑端赖于此——也极不稳定，这又是其复杂性的表现。一幢迷人的房子有时可能会使昂扬的情绪更上层楼，可在很多情况下哪怕是最宜人的环境也无法驱散我们的悲伤或厌世。

哪怕我们正站立的楼面是由天涯海角的采石场进口的石料

砌就，哪怕精雕细琢的窗框漆成凝神静气的灰色，我们仍可能感到焦虑和妒忌。我们内心的节拍器可能对工人们费心劳力建造的喷泉或培育的一列整齐对称的橡树毫无感应。我们在一幢杰弗里·巴瓦或路易斯·卡恩设计的房子里也会陷入小气的口角并以离婚的威胁而告终。房子会邀请我们以我们自觉无力唤起的情绪进入其间。最高贵的建筑有时候也不如一次午睡或一片阿司匹林对我们更管用。

那些耗费终生的精力力图创造建筑之美的人士只会再清楚不过地认识到他们的努力不过是徒劳。约翰·罗斯金在对威尼斯的建筑进行过一番巨细靡遗的研究后，在一阵抑郁的彻悟中他不得不承认，事实上没有几个威尼斯人似乎因他们居住的这个城市而得到提升，而这也许堪称世上最美丽的城市画卷。沿着圣马可教堂（罗斯金在《威尼斯的石头》中将其描述为“一本国教祈祷书，一本巨大的插图本弥撒书，用雪花石膏而非羊皮纸装订，用斑岩柱子而非珠宝装饰，里里外外用珐琅和黄金的字母写就”）一路下去，他们泡在咖啡馆里，看报，晒日光浴，相互斗嘴和扒窃，而高居于教堂的屋顶，“基督和天使的塑像正俯视着他们”，只可惜谁都不会在意。

建筑因为赋有一种既不可靠又经常是无以名之的力量，它将总是拙劣地跟对人类资源的实利主义要求相竞争。要想证明拆毁并重建一条鄙陋而又耐用的街道物有所值该有多么困难。在面对更加切实的各项需要时，不得不为了矫正一根扭曲的路灯柱子或是重装一个不相搭配的窗框而进行辩护该是多么尴尬。美丽的建筑丝毫不具备一种疫苗或是一碗米饭那种毫不含糊的益处。其建造与否由是也决不会成为政治上的主导事件，因为即便整个人造世界通过不懈的努力和牺牲都能以圣马可广场为摹本，堪与其比肩，即便我们剩余的人生都在圆厅别墅[1]或是“玻璃天堂屋”中度过，我们仍经常难免精神沮丧。

7

美丽的房子非但当不得幸福的保证人，它们还因为不能提高居住于其间的住户的品格而遭致诟病。

似乎有理由假设人们拥有某些他们喜爱的建筑本身所具有的品质：如果他们敏于感受用不规则凿切的石块和浅色灰泥筑墙的古代农舍，如果他们能欣赏映衬在手工装饰的地砖上烛光的摇曳，我们就有理由期待他们也能被顶天立地的满架图书、散发出一种甜兮兮的尘土味儿的图书馆所吸引，他们就该满足于躺在地板上追寻一条复杂精细的土库曼地毯打结花边的来龙去脉，然后他们就将懂得什么是耐心和稳固，温柔和甜蜜，智慧和世故，怀疑和确信。我们会期望这样的爱美狂将致力于使他们的整个人生充满

---

1 Villa Rotonda，1550—1551年意大利著名建筑师安德烈亚·帕拉弟奥在维琴察附近建造的最著名作品，其特点为平面完全对称，四面各有六柱的柱廊，中央圆厅有穹顶。——译者

我们仍经常难免精神沮丧：
菲利普·约翰逊，玻璃天堂屋，新迦南，康涅狄格州，1949

他们珍爱的对象所体现出来的价值观。

不过，不论在理论上讲美与善之间具有怎样的亲缘关系，不可否认的是，在实际中，农舍和小屋，大厦和河畔公寓都曾接待过无数暴君和凶手，虐待狂和势利小人，接待过各种对环境表现出来的品质和他们的生活之间的分裂表示出一种令人齿冷的漠不关心的角色。

中世纪虔诚的绘画可能会力图提醒我们想起悲哀和原罪，它们可能试图将我们拖离傲慢和世俗追求，并在我们面对生活的神秘与艰辛时适时地将谦卑施与我们，不过在仆役长们传递小食品以及屠户们策划他们下一步行动时，它们虽就挂在起居室里却不可能主动提出抗议。

建筑可能蕴涵诸多道德意义；它只是没有权力强制推行。它只能提供建议而非制定律法。它更多的是敦请而非命令我们仿效其精神，而且无法防止它本身被误用。

我们应该有足够的心胸不要把我们自己的失败归咎于建筑，并尊重它们只能微妙暗示出来的建议。

8

对建筑的疑虑说到底可能会集中于其声称具有的价值中实际上有多少属实。对优美建筑物的尊崇似乎并非一种我们将幸福的希望寄托其上的强烈渴望，至少在跟我们解决一个科学难题或是

一幢美丽的住宅在道德上的无所作为：
赫尔曼·戈林（着白衣者）在家中跟法国大使交谈，右立者为维耶曼和米尔希将军。背景是《圣玛格丽特与圣多罗特娅》，德国（十五世纪），和卢卡斯·克拉纳赫的《卢克雷蒂娅》（1532）

坠入情网，聚敛财富或是发动革命这样的结果导致的感受相比之时。这个领域成就甚少，耗费资源又太多，倘若真正深切关注这么一个领域，必然会使我们对人类竟然对其这么缺乏热情感到不安甚至有些丢脸。

在其徒劳无益方面，建筑跟园艺的老一套差堪比拟：对门把手或天花板装饰线的兴趣并不比对玫瑰或薰衣草花期的关切更可笑。断定人类必然还有更伟大的事业值得奉献自我是可以谅解的。

不过，在碰到某些困扰了情感以及政治生活的更加苛酷的挫折之后，我们对美的意义，对于完美之岛的评估也许可以更加宽容一些——在其中我们可以发现一些我们一度希望能够永远拥有的理想之回响。生活也许不得不在我们能够开始恰当地欣赏其更加微妙的献礼之前，将自身的某些真正的悲剧性色彩展示给我们，不论是以挂毯还是科林斯柱式，是以板岩地砖还是一盏灯的形式呈现。相爱的年轻夫妇不太可能驻足欣赏一堵风雨侵蚀的砖墙或是通向门厅的一道倾颓的楼梯栏杆，对这类受到限制之美的漠视正是可能获致更加发自内心的、确定性的幸福这一乐观主义信念的必然结果。

也许只有当我们已经在自己的生活中烙上了无法抹去的印记，有过一次失败的婚姻、一直人到中年都壮志未酬或痛失爱人之后，建筑才会开始给予我们某些货真价实的影响，因为当我们说到被一幢建筑“感动”时，也正是暗示一种由化身为建筑结构的高贵品质与我们明知存在这一品质的更悲哀、更广阔的现实之

生活通常并非如此：
肯·沙特尔沃斯，新月宅，威尔特郡，1997

桑德罗·波提切利，《圣母圣婴与八位歌唱的天使》，1477

间的对比产生的一种苦乐参半的感情。我们因看到美而哽咽欲泣，是因为我们清楚地知道它使我们体会到的这种幸福实在只是例外。

德国神学家保罗·蒂利希在他的回忆录中说，尽管他父母和老师费尽了教育手段，作为一个娇生惯养、一无挂虑的年轻人，艺术却总是无法打动他。然后第一次世界大战爆发，他被征入伍，在暂离军营的休假中（他所在的营将有四分之三的人员战死），他为避暴雨进入了柏林的腓特烈大帝博物馆。在楼上一个很小的画廊里，他与波提切利的《圣母圣婴与八位歌唱的天使》不期而遇，当他的目光与童贞马利亚那睿智、柔弱、悲悯的凝视相遇时，他竟不可抑止地泣不成声。他经历了他描述为“启示录般狂喜”的一刻，他因这幅画所具有的异乎寻常的温柔气氛与他在战场上学到的残酷教训之间的反差而泪流满面。

众多美的事物正是在跟痛苦的对话中获得它们价值的。历经一番苦痛竟成了欣赏建筑之美的非同寻常的先决条件之一。也许在所有其他的要求之外，我们须得具备一点悲痛才能真正被建筑之美打动。

9

因此，要想严肃认真地对待建筑，需要我们首先满足某些异乎寻常又艰辛繁重的要求。它要求我们认同我们的环境是能够对我们产生影响的这一观念，哪怕它们是由聚乙烯材料建造，而且维护起来既昂贵又费时。意味着承认我们易于受到墙纸颜色的影响，承认我们的人生态度会因为乱糟糟的床单而脱轨。同时，也意味着要承认建筑在解决我们的不满或防止罪恶在它们眼皮子底下发生这些方面的作用实在微乎其微。建筑，即便在其最完美的状态下，对事物的状态也只能构成一种微不足道、极不完善的（昂贵，容易损坏而且在道德上极不可靠）的异议。而且更加尴尬的是，建筑要求我们去设想幸福也许经常具有一种朴素无华、反英雄主义的特质，它可能就隐身于在旧地板上跑过或晨光倾泻在一面灰泥墙上的那一刻——那些平淡无奇、稍纵即逝的美的场景之所以能打动我们，正是因为我们认识到了它们上演的背景是多么灰暗。

10

但是如果我们接受了这一问题的合法性，马上又会冒出一系列有争议的新问题。我们将不得不面对众多建筑史聚讼不休的那个中心问题。我们将不得不自问：究竟什么样的建筑才称得上是美的。

路德维希·维特根斯坦就深谙这一挑战的重大意义，他曾为了给维也纳的姐姐格蕾特造一幢房子放弃了三年学术研究。“你认为哲学很难，”这位《逻辑哲学论》的作者道，“可我告诉你，跟成为一个优秀的建筑师相比它根本算不得什么。”

二　我们应建造何种风格的建筑?

1

什么样的建筑是美的？现代以来这已经成为一个不尴不尬而且可能无法回答的问题，美这个概念本身就注定会引发徒劳无果而且幼稚可笑的争论。谁有资格宣称知道什么是美的？谁又能在相互矛盾的不同风格间做出裁决或面对别人不同的品位捍卫其中的一种？创造美，曾一度被视为建筑的中心任务，如今却早已从严肃的专业讨论中人间蒸发，引退为一种让人摸不着头脑的私人化需要。

2

懂得如何把建筑造得美并非一直都这么困难。在西方历史有所间断的一千多年中，一幢美的建筑就是一幢古典建筑的同义语，结构上要有一个殿堂的前部，有装饰性的廊柱，有不断重复的比例以及对称的立面。

古典式样诞生于古希腊，古罗马复制并发展了这种风格，然后，经过一千年的断层之后，文艺复兴时期意大利的受教育阶层重新发现了它。古典主义遂由亚平宁半岛向北向西传播，于是带上了各地的口音并以各种新材料表现出来。古典建筑遍地开花，从赫尔辛基直到布达佩斯，从萨凡纳一直到圣彼得堡。其精神更进一步应用至室内，出现了古典的椅子和天花板，古典的床和浴室。

虽然历史学家更感兴趣的是古典主义各种变形之间的区别，不过最引人注目的还是其共同点。千百年来，对于如何造一扇窗户或一道门，如何建柱子和有山花装饰的正面，如何将各个房间与走廊连接起来以及如何铸造铁制部件塑造装饰线条都几乎没有任何疑义，文艺复兴时期的学者-建筑师将其定为法规，通过样本图册一直推广传布至普通的建筑工人之手。

这一共同标准的约束力是如此强大，结果每个城市都通过广场和林阴道的接续和延伸成为一个风格统一的整体。这种可追溯至德尔斐的阿波罗神庙的美学语汇一直泽及爱丁堡的会计师和费城的律师私宅。

古典主义的建筑师及其主顾极少有人会感到独立创新的动力。忠实于经典才是真正重要的；重复就是标准。当罗伯特·亚当设计凯德尔斯顿府邸（1765）时，将君士坦丁拱门（约 315）的精确复本插入其后立面的中央正是他颇值得自傲的一点。托马斯·汉密尔顿的爱丁堡文法学校（1825）虽由暗淡的灰色克雷格莱斯的砂岩筑成，坐落在阴沉的苏格兰天空之下并用钢梁支撑房顶，却因其高超地模仿了雅典的多里斯式帕台农神庙（约公元前 438）的样式备受赞誉。托马斯·杰斐逊为弗吉尼亚大学设计的校园位于

古典柱式标准：

德尼·狄德罗主编，《百科全书》建筑图版，1780

美的共同标准：
（老）约翰·伍德，女王广场，北立面，巴思，1736

左：君士坦丁拱门，罗马，约公元 315
右：罗伯特·亚当，凯德尔斯顿府邸，背立面，1765

夏洛茨维尔，理直气壮地模仿了罗马的福耳图那神庙（约前 100）和戴克里先浴场（公元 302），而约瑟夫·汉瑟姆为伯明翰设计的新市政厅（1832）虽位于一个工业城市的中心，却忠实地复制了尼姆的罗马时代的卡雷神庙（约 130）。

由是，近代早期人造世界的很大部分，至少从外表看来，都没有动摇罗马皇帝马可·奥勒留时代的众多建筑原则，神奇得简直像是借尸还魂。

3

至于相对来说较比简单廉价的房屋，也有一个最适合怎么造的一致原则，虽然这个原则并非源自任何一种共通的文化观，而

左：卡雷神庙，尼姆，约公元130
右：约瑟夫·汉瑟姆，市政厅，伯明翰，1832

只是由于受到一大堆限制非如此不可。

最重要的限制就是气候，要抵御它技术成本太高，所以通常由气候来决定如何最经济地垒起一堵墙、搭起一个房顶或粉刷外立面。运输成本的高昂同样也限制了风格上的选择，迫使大部分住户毫无怨言地就地取材，不论是石头、木头还是泥浆。旅行的困难还妨碍了其他建筑方法的传播。印刷费用的昂贵决定了极少有人哪怕是通过画片见识过世界上其他地方的房子是什么模样（这也解释了为什么在那么多早期北欧的宗教画中，耶稣的诞生地看起来就是间瑞士农舍）。

种种限制孕育了强烈的建筑地域特征。在特定的范围内，房子千篇一律全由某种特定的本地材料筑成，如此一来，只要隔一条河或是一座山，房子可能就会大不相同。也因此你一眼就能区分出肯特郡与康沃尔郡一幢普通住房，或是汝拉山里跟恩加丁山谷的农场之不同。在大部分地区，房子会按照一贯的方式继续造下去，就地取材，根本谈不上什么美学上的自我意识，只不过为住户提供一个遮风避雨的立锥之地。

4

然后，在 1747 年春，一位性喜奢侈生活、蕾丝衣领和小道消息，带点女性气质的年轻人买下了一位前马车夫位于泰晤士河畔特威克纳姆四十英亩土地上的一幢农舍——并着手为自己建造了一座小别墅，结果严重挑战了什么样的房子才算美的主流意识。

这位年轻人唤作霍勒斯・沃尔浦尔，是英国首相罗伯特爵士的幼子，面对他的新房产，一座帕拉弟奥式的宅邸，任何建筑师给出的方案可能都是因袭传统的，也许有点像他父亲的宅邸，位于北诺福克海边的霍顿大厦。不过在建筑方面，沃尔浦尔也像在衣着、言谈和职业选择上一样以与众不同自傲。尽管他受的是古典教育，他真正的兴趣却在中世纪，他着迷于毁弃的修道院、月光皎洁的夜晚、墓地以及（尤其是）顶盔贯甲的十字军骑士的形象。沃尔浦尔因此决定要为自己建造全世界第一座哥特式住宅。

由于在沃尔浦尔之前从没有人尝试将中世纪的宗教风格应用于室内装饰，所以他一定得足智多谋、长袖善舞才行。他将壁炉做成坎特伯雷大教堂布希耶大主教的陵墓式样，他图书室的书架

极少有人哪怕是通过画片见识过世界上其他地方的房子是什么模样：
思茅海泽宅，滕特登，肯特郡，十六世纪早期

对住宅之美的一种新理解：
霍勒斯·沃尔浦尔，草莓山，特威克纳姆，1750—1792

拷贝的是西敏寺“瓦伦斯的埃梅尔”的坟墓，而他正厅的天花板设计则取自亨利七世的礼拜堂的四叶式分格和蔷薇花饰。

大功告成之后，性喜张扬的沃尔浦尔遂广邀旧雨新知前来参观，其中包括当地大部分权贵士绅。犹嫌未足的他还印行了参观券，供普通公众参观之用。

沃尔浦尔很多吃惊匪浅的宾客在参观之后，开始琢磨他们是否也敢于抛弃古典样式转求哥特式住宅。这一时尚一开始并未广为流传，只偶尔应用于某些海边或乡间别墅，不过，不出几十年，

长画廊，草莓山

一场趣味上的革命就开始启动，并将彻底动摇古典准则赖以建立的核心前提。哥特式建筑开始在英国出现，然后横扫欧洲和北美。沃尔浦尔在草莓山开风气之先才不过五十年的时间，这种风格就超越了其原本不过是业余爱好者个人偏好的源起，成为一种非常严肃和重要的建筑理念，甚而至于哥特式建筑的拥护者开始宣称——跟此前古典主义者的做派没什么两样——他们的风格是所有建筑风格中最高贵最合理的，对于诸伟大民族而言，不论是其私人住宅还是议会和大学建筑，都堪称理想之选。

所有建筑风格中最高贵最合理之选：
伊姆雷·施泰因德尔，议会大厦，布达佩斯，1904

5

促成哥特式建筑再度复兴的那些因素——更强烈的历史意识、交通条件的改进、求新求变的新兴客户——很快就激发出对其他时代与地域的建筑风格的好奇。至十九世纪初，在大部分西方国家，任何考虑造幢房子的人对于房子的外观都具有了空前多样的选择。

建筑师们夸口可以造出印度、中国、埃及、伊斯兰、提洛尔或詹姆斯时期等各种风格的建筑，或者上述各种风格的随意混合。这些全新的博学建筑师中有一位最多才多艺的，是个唤作汉弗莱·雷普顿的英国人，据说他能为尚未拿定主意的客户提供众多风格的详细建筑图样供他们挑选。

针对那些收入没这么高的人群，开始编订全新的建筑图样手册，其中最流行的是约翰·劳登的《村舍、庄园和别墅建筑百科全书》(1833)，为自建房屋者提供能使他们造出全世界任何地方的房屋的各种设计图，由此为开端，地区性的建筑风格迅速被扫除干净。

房地产发展进程中的变化促成了折中主义的盛行。在十八世纪，伦敦，如同欧洲大部分城市一样，最先是通过贵族地主的努力得到拓展的，他们用自己的名字给那些广场命名，如同将名字刻在他们旧居的农场和土地上一样：南安普敦勋爵，贝德福德伯爵，理查德·格罗夫纳爵士以及波特兰公爵。这些贵族拥有共同

GRECIAN

任选你新家的风格：
汉弗莱·雷普顿，《住宅图样》，1816

从左至右：瑞士风格和旧式英国风格的农舍
选自约翰·劳登，《村舍、庄园和别墅建筑百科全书》，1833

的趣味：他们喜欢拉丁文和希腊文，他们都是西塞罗和塔西佗的弟子，他们都毫不含糊地拥护古典风格。当贝德福德伯爵于1776年出版因他本人得名的广场的建筑合同时，他制订的条款表现出他对古典和谐的近乎疯狂的热中，详细规定了每层楼的高度，每个窗框的深度，砖的颜色以及用于铺设地板的特定种类的木材（“梅梅尔或里加木料，而且要没有一滴树液”）。伯爵大人对古典主义的比例和精确性如此用心，他经常一大早爬起来就拿着一把园艺剪刀出来以确保他广场中央的灌木生长得绝对均衡对称。

不过在接下来的那个世纪，虽然对住宅的需求量猛增，王室和贵族却退出了投资性的房地产市场。紧随其后的却不再是典型的西塞罗或塔西佗的读者。他们更多的是一门心思求新求变的企业家。他们本能地轻视古典传统那种尚武的严肃和节制，力图通

从上至下：
正在消失的美的古典主义原则：
贝德福德广场，伦敦，1783

美的新形象：
约翰·福尔斯顿，克尔街，德文波特，普利茅斯，1824

沃德堡前立面，斯特兰福德湾，1767

过他们发展出来的轻松愉悦以及生机勃勃来争取客户，普利茅斯的一条街道就是其典型的代表，在不过几百米长的范围内坐落着一排罗马科林斯式联排房屋，一座多里斯式市政厅，一座东方式小礼拜堂，一对爱奥尼亚风格的私人住宅以及一座埃及式图书馆。

6

然而，不受限制的选择所造成的惟一问题就是它距离完全的混乱并不遥远。

这种自由中隐含的危险首次并备受关注地爆发于北爱尔兰沿海一个安静的海湾中：十八世纪中期，当地一对贵族夫妇决定为自己造一幢房子。班戈子爵与安妮·布莱夫人都热中于建筑，却在建筑风格上各持己见，互不让步。子爵是位古典主义者。他想

沃德堡后立面

要那种有三个开间、嵌入式柱子、帕拉弟奥式比例以及窗户上有托臂三角墙的住宅。而安妮却更热中于哥特式，更喜欢带有尖塔的城垛式房顶、中间突起的窗户以及四叶装饰。她已经听说了草莓山的天花板，非常向往自己也能拥有几块这样的天花板。两人的争执逐渐升级并陷入僵局，直到这对夫妇的建筑师以所罗门式的天才找到了一个解决办法：将房子一分为二。前半部以古典风格建造，后半部则采用哥特式。这种折中在室内也得到延续，音乐室和楼梯井在感觉上是古典主义的，饰以多里斯式的中楣和柱子，而闺房和私室则充满哥特风，具有扇形穹顶的天花板以及尖角拱形的壁炉。

敏感的批评家被震惊了，脑子里有了这样的建筑，他们开始寻求重建建筑外观通用规则的道路。“建筑已然成为一个狂欢节，我们深受其苦，”奥古斯塔斯·普金在1836年抱怨道。“个人趣味恣意妄为。每个建筑师都有他自己的理论。”1828 年，一位叫亨利希·许布施的德国年轻从业者出版了一本书，这本书的标题正表现出整个时代的进退两难：《我们应建造何种风格的建筑？》。一定得有个办法用以解决哥特式、旧英国式以及瑞士风格的拥护者之间的争执；一定得有个办法让我们知道是否该用古埃及或中国的椅子装饰餐厅；知道该支持安妮夫人还是班戈子爵——从而确保房子再也不会造得非驴非马。

可是这样的原则到哪里去找？我们到底应该建造何种风格的建筑？

7

最终成形的答案并非真的答案；反而更像是一种警告，首先，它或许跟这个问题本身毫不相干甚至完全对它置之不顾。

在建筑中禁止讨论美与不美的问题是由新一代的人们和工程师强加于其上的，他们在十八世纪晚期才得到专业方面的认可，不过已经迅速上升为工业革命新兴建筑业的中坚力量。他们熟知钢和铁、平板玻璃和混凝土的技术，他们以其桥梁、火车站、高架渠和船坞的建设引起大家的兴趣、激起人们的敬畏。而比他们的能力更加新奇的也许是他们在完成这些工程时似乎从来都没关心过最好该采用何种风格这一事实。在造桥时，他们尽其所能考虑的是如何设计出跨度最宽、重量最轻、花费最少的桥架。他们造火车站时，最关心的是如何造一个能让蒸汽安全排放、能大量采用自然光并能适应大量旅客持续进出的大厅。他们要求厂房能容纳庞大笨重的机器，要求蒸汽船能承载着心焦的旅客准时横渡辽阔的海洋。可他们像是没太操心船的上层画廊里是不是该有一组科林斯或多里斯式的柱头增点雅趣，火车头的末端弄上条中国龙是否能添点喜气，或者郊区的煤气场是否该建成托斯卡纳或伊斯兰式样。

然而，尽管他们对此漠不关心，这些科学的新人却似乎能够建造出他们那个混乱的时代中最令人难忘以及在很多方面最有魅力的建筑。

8

工程师的哲学公然违抗了建筑业曾经代表的一切。“将有用的、实际的、功能性的转化为美的，这就是建筑的职责所在。”卡尔·弗里德里希·申克尔如此坚持。“建筑之区别于单纯的造房子，就在于它的装饰性。”乔治·吉尔伯特·斯科特爵士如此回应。如果说威尼斯的总督宫配得上称为伟大的建筑，那不是因为它的屋顶不漏水或它为威尼斯的公务员提供了足够数量的会议室，而尤其在于，建筑师们自卫性地暗示，它的房顶满布雕塑，它的外立面在白、粉两色砖块的安排上精致优雅，而且整个建筑深思熟虑地遍布精细、精巧、精锐的拱顶——这种种细节在一位巴黎

无关乎美学：
约翰·福勒，本杰明·贝克，福思铁路桥，
中央大梁的建设，1889 年 9 月

“将有用的、实际的、功能性的转化为美的，这就是建筑的职责所在”：
总督宫（细部），威尼斯，1340—1420

综合工科学校或是德累斯顿工程学院的毕业生的设计中都绝无立足之地。伟大建筑的本质就在于那些在功能上并无必要的元素。

9

工程学的原则或许斩截地跟建筑学原则正相抵牾，不过十九世纪少数坦白的建筑师仍认识到工程师们能够为他们的最终得救提供关键性的锁钥——因为这些人拥有的正是他们极度缺乏的：确定性。工程师们立足于一种显然无懈可击的方法，用以评估一个设计的明智与否：只要一个建筑的结构能有效地履行其机械功能，他们就能确信地宣称它是正确和诚实的；而如果它背上了不起支撑作用的柱子、装饰性的雕塑、壁画或雕刻等负担，那它就是错的，就是不道德的。

将对美的谈论置换为对功能性的考量，保证了将建筑从关于美学的复杂而又没有定论的争执的沼泽中解放出来，转而追求一种没有争议的技术性事实，也由此确保了对于一个建筑外观的争论将可能和对于一个简单代数方程式的答案的争论同样具有专属性。

在功能性原则作为一种新的衡量原则确立之后，整个建筑史都将被重新考量，建筑史上的杰作也将放在诚实与谬误的相对比例中重新评价。罗马人因他们加诸圆形大剧场之上的柱子被判为不诚实，因为这些雕琢精美、价值不菲的石头只假装起到支撑上面数层建筑的作用，而任何工程师都能看得出来，事实上支撑起

虚假的天花板：
约翰·巴尔塔萨·诺伊曼，菲尔采黑利根朝圣教堂，班茨，1772

查尔斯·科克里尔，阿什莫林博物馆和泰勒里安学院，牛津，1840

整个建筑的只有那些拱门。

同样，约翰·巴尔塔萨·诺伊曼在班茨的菲尔采黑利根朝圣教堂的所有方面都撒了谎。其内墙看来像是撑起了整幢建筑，但承重的担子事实上是由一个分散而且隐蔽的结构承担的。就连诺伊曼那彩绘的穹顶也压根不是真正的屋顶，而只是一张依偎在真正的传统倾斜屋顶设计之下的粉饰灰泥表皮。

与此类似，查尔斯·科克里尔也被裁定为在设计牛津的阿什莫林博物馆和泰勒里安学院时几乎可耻地不实和浪费。他的罪名是堆积了大量爱奥尼亚式柱子，它们围绕在建筑外围，本来可以承受四层石造建筑的重量，实际上却只托着几个花盆和雕像，而将建筑真正的重量留给隐在墙内的另一组柱子承担。

10

可是，如果建筑师为了将注意力完全集中于建筑的机械功能而摈弃了所有对美的兴趣，那么一幢房子会是什么样子？如果建筑师拿定主意要这么做，它应该类似萨伏伊别墅。

1928年春，一对名叫皮埃尔和爱米莉·萨伏伊的巴黎夫妇同四十一岁的瑞士建筑师勒·柯布西耶接洽，请他为他们及年轻的

选自勒·柯布西耶，《走向新建筑》，1923

儿子罗歇在他们拥有的一块俯瞰塞纳河的林地上设计一幢乡间别墅，那片林地位于巴黎以西的普瓦西。此时的勒·柯布西耶在他的职业生涯中已经建造了十五幢私人住宅，并以其纯粹主义的建筑观赢得了国际声望。

“我们的工程师在他们的工作中健康又刚健，积极又实用，平衡又快乐，”他在《走向新建筑》（1923）一书中宣称，而“我们的建筑师却幻灭而且失业，要么自吹自擂要么怨天尤人。这是因为他们马上就再也无事可做了。我们已经没有到处树立历史纪念物的钱了。与此同时，每个人都需要洗澡！我们的工程师满足了这些需要，所以他们将成为我们的建筑师”。

勒·柯布西耶建议未来的房屋应该简朴、干净，专业、廉价。他对任何的装饰都深恶痛绝，以至于同情起英国王室以及他

选自勒·柯布西耶，《明日之城及其规划》，1925

选自勒·柯布西耶，《走向新建筑》，1923

们每年去为议会两院开幕时乘坐的装饰华丽的金色马车。他建议他们把那个雕饰繁复的怪物推下多佛悬崖，换乘希斯潘诺-苏扎1911年款的赛车。他甚至取笑罗马这个教育、熏陶年轻建筑师的传统圣地，称其为“恐怖之城”“半瓶子醋的地狱”以及“法国建筑的癌症”——因为它通过繁复的巴洛克式细节、壁画和雕塑违背了建筑的功能性原则。

对勒·柯布西耶而言，真正的、伟大的建筑——亦即最能体现功效的建筑——还不如说是四万千瓦的电力涡轮机或者低压通风机。在他的书中，他将原来的建筑作家为大教堂和歌剧院保留的篇幅让给了这些可敬的机器的照片。

曾有一位杂志的编辑请勒·柯布西耶为他喜欢的椅子起个名字，他将其命名为“驾驶座”，并描述了他有生以来第一次看到飞机时的情形，那是1909年春，在巴黎上空——飞行家德·朗贝尔伯爵驾机绕埃菲尔铁塔转了一圈——他将其视之为他一生中最重要的一刻。他评论说飞行的必备要求去除了飞机身上所有不必要的装饰，也因此无意中将其转变为成功的建筑作品。将一尊古典雕塑安置在一幢房子顶上就跟将其安在一架飞机上同样荒谬，他评论道，不过因为如果增加了这些累赘飞机必然无法飞行，它在使这种荒谬性昭然若揭这一点上更有优势。"飞机会抗议的，"他总结道。

不过，如果说飞机的功能是飞行，那么一幢房子的功能又是什么？勒·柯布西耶列了个最基本的单子（他向其读者保证其"科学性"），除此以外所有其他的野心都纯属"浪漫主义的蛛网"。他写道，一幢房子的功能是为了提供："一、一个抵御冷、热、雨、贼以及喜欢窥人隐私之徒的庇护所。二、一个接收光亮和阳光的容器。三、适用于烹饪、工作和个人生活的特定数量的单间。"

11

普瓦西一座小山顶上的墙后，一条砾石小径蜿蜒穿过茂密的树林，通向一块林间空地，空地中央立着一个细长的白色匣子，四周是长条的窗户，由一组细得不可思议的柱子撑离地面。萨伏伊别墅屋顶上的一个结构很像水塔或是煤气罐，细看才知原来是个带有半圆形护墙的露台。这幢房子看似一台精细加工出来的精密机器，某种用于未知目的的工业产品，它拥有无瑕的洁白表面，在晴朗的白天，反射阳光的强度不啻于爱琴海诸岛渔人的村舍。这幢房子看起来整个就像个外星访客，它屋顶上的装置随时都有可能接收到一个信号，然后它隐藏的引擎就会点火，慢慢地从周围环绕的树林和传统风格的别墅群中升起，开始其漫长的去往遥远星系的归家之旅。

勒·柯布西耶，起居室，萨伏伊别墅，1931

勒·柯布西耶，萨伏伊别墅，普瓦西，1931

科学与航空学的影响继续扩展至室内。打开钢制大门后就是一个干净、明亮、空旷得如同手术室的门厅。地板上铺着地砖，天花板上是光秃秃的灯泡，而且在大厅中间还有一个水池，邀请来宾在其间洗净外界的尘埃。房间里最重要的装置就是一个巨大的斜坡，两边有简单的管状扶手，通向主要的起居区。起居区里有个巨大的厨房，装备有当时所有的先进器具。自然光透过钢框的条状窗户洒满主要的房间。几个浴室是卫生学与运动狂的神祠；裸露的管道都能装备一艘潜水艇了。

即便在这些私密的空间中，整个的感觉仍然是技术性的，是内敛的。没有任何无关或装饰性的东西，没有蔷薇花饰也没有装饰线脚，没有任何炫耀或点缀。天花板与墙面以完美的直角相交，没有任何起到柔化作用的边线。整幢房子采用的视觉语汇无一不源自工业，人工照明采用的是厂房的照明灯。几乎看不见家具的影子，因为勒·柯布西耶曾建议他的客户将室内布置保持在最低限度，萨伏伊夫人曾表示想在起居室里布置一把扶手椅和两个沙发，结果遭到设计师的严重警告。“如今的家居生活正在因为我们必须要有家具这种可悲的观念而陷入瘫痪，”她的建筑师抗议道，“这种家具观应该被连根拔掉，而以设备取而代之。”

“（现代人）需要的就是一个僧侣的斗室，有充足的光照供暖，还有一个他可以眺望星星的角落。”勒·柯布西耶写道。当建筑工人完工之后，萨伏伊一家有理由确信，至少在这幢他为他们设计的房子里，这些追求是完美地得到了实现。

12

受工程师们特有的精神支配，现代主义声称已然为建筑之美的问题提供了一个确定的答案：一幢房子的要义不在于美而在于实用。

然而，将房子难缠的外观与更加直截的性能问题干净利落地一刀两断，仍然不能真正地将问题解决。我们虽首先会将“功能”这个词跟有效地提供身体的避难所联系起来，但归根结底却不大会对一幢只能使我们免于风吹雨淋的建筑心生尊敬。

在面对几乎任何一幢建筑时，我们不但要求它起到一定的作用，还要求它呈现出一定的外观，要求它有助于满足某种特定的情境：或者虔诚或者博学，要么田园要么现代，或者商务或者家常。我们会要求它创造出一种或者安心或者兴奋，或者和谐或者保密的感觉。我们会希望它将我们与过去联系起来或者成为未来的一种符号，面对一个出了故障的浴室我们会抱怨，而如果位于第二位的美学与情感层面的功能丝毫未曾触及的话我们同样也会抱怨。

约翰·罗斯金为我们提出了一个更具包容性的建议，他认为我们在建筑中追求两样东西。我们希望它们能为我们遮风避雨。还有，我们希望它们能对我们讲话——只要是我们认为重要，需要被提醒的不论什么话。

13

事实上，现代主义运动的建筑师正如他们所有的前辈，也想让他们的房子开口讲话。只不过讲的不是十九世纪。不是特权和贵族生活。不是中世纪或者古罗马。他们想让他们的房子讲的是未来，讲到未来所许诺的速度与技术，民主与科学。他们想让他们的扶手椅令人想起赛车和飞机，他们想让他们的灯具令人想起工业的力量，从他们的咖啡壶想到高速火车的推动力。

他们并非对建筑唤起情感的重要性视而不见；他们不能认同

两组楼梯提升的是两种不同的精神状态：
左：小特里阿农宫，凡尔赛，1768
右：萨伏伊别墅，普瓦西，1931

一个供演员们上演关于当代生存状况的理想化戏剧的舞台：
为 1927 年款梅赛德斯-奔驰车拍摄的广告，背景是勒·柯布西耶与皮埃尔·让纳雷设计的双子宅，白院社区，斯图加特，1927

的是先前的各种建筑风格所激发的情感类型。

勒·柯布西耶为萨伏伊别墅设计的中央楼梯——正如别墅以南几英里之外安热-雅克·加布里埃尔为凡尔赛宫内的小特里阿农宫设计的古典凉亭一样——所要达到的目的绝非简单地把人带到楼上。他是试图藉此提升人的灵魂状况。

现代主义建筑师所宣称的纯科学和理性方法也不过说说而已，他们与他们的作品之间的关系从根本上讲仍然是浪漫主义的：他们期望建筑支持一种吸引他们的生活方式。他们将家居建筑设置为一种舞台布景，供演员们上演关于当代生存状况的理想化的戏剧。

14

现代主义者在美学方面的兴趣实在强烈，结果顺理成章地盖过了对效能的考量。萨伏伊别墅看起来也许像是一台实用的机器，可它实际上却成了一场但求艺术性的闹剧。光秃秃的墙面都是由工匠们用昂贵的进口瑞士灰浆手工做成，它们精致得好比缎带，热诚得好比某个反宗教改革教堂那镶金嵌宝的中殿。

按照现代主义者自己的标准来衡量，萨伏伊别墅的屋顶也同样，不过更具毁灭性地不诚实。勒·柯布西耶不顾萨伏伊一家的抗议，坚持——应该只站在技术与经济的立场上——平顶要优于尖顶。他向他的客户保证，平顶的造价更低，更易于维修而且夏

美奂美轮却漏雨连连：
屋顶，萨伏伊别墅，1931

天更凉爽，萨伏伊夫人还能在上面做做体操，免受底层散发的潮湿水汽之苦。可是萨伏伊一家搬进去之后才一个星期，罗歇卧室上面的屋顶就裂了缝，漏进来大量雨水，致使这个男孩胸部感染，而且转成肺炎，他最后在夏蒙尼的一家疗养院里住了整整一年才康复。在 1936 年 9 月，别墅正式完工的六年之后，萨伏伊夫人将她对这个平屋顶的感受在一封（水渍斑斑的）信里倾诉了一番：

“大厅里在下雨，坡道上在下雨，而且车库的墙全部遭到水浸。更有甚者，我的浴室里也在下雨，它一遇到坏天气就会被淹，因为雨水直接就能从天窗漏进来。”勒·柯布西耶保证这个问题马上就能解决，然后不失时机地提醒他的客户，他的平顶设计在全世界范围内的建筑评论界得到了多么热情的评价：“您真该在楼下大厅的桌子上放个签名簿，请您所有的来访者都留下他们的姓名和住址。您会看到您将收集到多少漂亮的签名。”不过这一“诱人”的敦请对于深受风湿之苦的萨伏伊一家而言几乎起不到什么安慰作用。“在我这方面提出无数的要求之后，您终于也承认您在1929年建的这幢房子根本没法住了，”萨伏伊夫人在1937年秋警告道，“您的职业操守危如累卵，我也没必要付清账单了。请马上将其改造得可以居住。我真诚地希望我不至于必须采取法律行动。”仅仅因为恰逢第二次世界大战爆发、萨伏伊一家飞离巴黎，勒·柯布西耶才免于因设计了他那个巨大的无法居住的家居机器——虽说美丽绝伦——而跟他的客户对簿公堂。

15

如果说现代主义的建筑师私下里是以美的标准来设计，那么为什么他们又主要以技术的标准来为他们的作品正名呢？

他们选择这一策略的根本原因恐怕还是出于害怕。在放之四海而皆准的美的标准轰然倒塌之后，既之而起的气候就是没有任何一种风格能幸免于批评。由哥特式或提洛尔式建筑的信徒发起的针对现代主义建筑外观的异议，不可能在不招致专横与傲慢的诟病情况下轻易拂去。在美学上，正如在民主政治中，最终的仲裁者已经无迹可循了。

而换用科学的语汇则能避开恶意的批评者，说服犹豫不决者。哪怕是旧约中的上帝，在面对以色列各部落的抱怨不休时都偶尔点燃一丛沙漠中的荆棘以激起其观众的敬畏之心，归顺于他。技术就成为现代主义者燃烧的荆棘。在现如今基督教的影响已经式微、古典文化已遭忽视的情况下，说起某人的房子来满口技术术语正是为了吁请社会上最有声望的力量，造出盘尼西林、电话和飞机的就是这种力量。然后，屋顶的倾斜度显然将由科学来决定。

16

然而，事实上，科学极少会如此斩截。1925 年，建筑师兼设计师马塞尔·布罗伊尔展示了一把椅子，这把椅子被他吹嘘为全世界第一次清醒、逻辑地解决了“坐的问题”。他解释说，这把称为 B3 的椅子的每一部分都是一心一意“摒除异想天开，走向理性科学”的努力之成果。

为了耐久，这把 B3 椅子的坐位和靠背部分是皮制的；其偏移倾斜的形状是由人类脊椎骨的需要所决定的必然结果；还有其钢架，那是因为它比木头要结实一百倍，永不会碎裂。

不过布罗伊尔为他的椅子披上科学外衣的尝试却无法否认一个无可辩驳的事实：造桥的时候诚然需要采用特定的材料和外形，可在涉及一件起居室家具时人的想象力却无须受限于相应的技术需要，因为它只需承担起一个人的体重即可——它用曲形钢制造也好，用橡木、竹子或是塑料、玻璃纤维也罢，都无伤大雅。一把椅子不论是采用B3、安女王式或是温莎扶手椅的外观，都一样能很好地履行其朴实的职责。科学仅凭自身根本无法决定我们的椅子看起来应该什么样。

即便在更加复杂的工程中，工程学的准则也很少能决定一种特定的风格。就拿巴塞罗那的孟特惠克电讯塔来说吧，它可以采取无数种造型，而都能准确无误地发射它的信号。如果不喜欢把天线塑成标枪的样子，你完全可以把它做得看起来像个梨子；如果不想把基座做成个太空船的船头，也可以把它做得像只马靴。你可以有几十种选择，每一种都能在机械上做到无可挑剔。可是作为它的建筑师，圣地亚哥·卡拉塔瓦的认识却是，只有极少的几种设计才能向巴塞罗那人民传达出现代感的确切诗意。

17

现代主义建筑与科学之间的非相关性再次将我们抛回建筑选择太多的混乱局面，早期的现代主义者原曾希望一劳永逸地根除这一难题的。我们再次回到建筑的狂欢节。为什么不能在我们的

一把由科学决定的椅子？
马塞尔·布罗伊尔，B3椅，1925

实用性椅子：
左：安女王式亮漆扶手椅，约1710
右：高背温莎扶手椅，1850年代

建筑上雕满花朵？为什么不能采用印有飞机和昆虫图案的水泥嵌板？为什么不能给摩天大楼罩上伊斯兰风格图形的外衣？

如果工程学无法告诉我们，我们的房子应该是什么样子，在一个多元化、权威缺失的世界里，先例和传统也同样无法做到，我们可以自由地追求所有的风格也就成为必然。我们应该承认，

艺术而非科学：
对页：圣地亚哥·卡拉塔瓦，孟特惠克电讯塔，巴塞罗那，1991
重返多元化：
左：赫尔佐克与德·默隆，埃伯斯瓦尔德技术学校图书馆，埃伯斯瓦尔德，1999
右：让·努维尔，拟议中的摩天大楼，多哈，2004

到底什么才是美的问题既不可能有确定的答案，这甚至是个反民主的问题，应该羞于提及。

18

然而，也许借助约翰·罗斯金关于建筑本身就是雄辩的这一深具启发性的评论，我们可以找到一条克服这种毫无建设性的相对主义的途径。这一评论促使我们认识到建筑并非只是些视觉对象，跟那些我们能够予以分析进而给出评价的概念毫无联系。建筑能够开口说话——而且说的都是些很容易辨别的话题。它们说的是民主或贵族，开放或傲慢，欢迎或威胁，对未来的同情或对过往的渴望。

任何一种经过设计的物品都会透露出它所支持的心理以及道德态度的印记。比如说，我们从一套朴素的斯堪的纳维亚陶器和一件装饰华美的塞夫尔瓷器中能感觉到由它们生发出来的截然不同的满足感——前者体现的是一种民主性的优美情感，后者则体现出一种仪式性的、等级分明的倾向。

本质上说来，设计以及建筑作品对我们诉说的正是那种最合适于在它们中间或者围绕着它们展开的生活方式。它们告诉我们某些它们试图在其居住者身上鼓励并维持的情绪。它们在机械意义上为我们遮风挡寒的同时，还发出一种希望我们成为特定的某种人的邀请。

左：迪亚斯·埃克霍夫，摄政餐具，波什格伦，1961
右：蓝浮雕餐具，塞夫尔，1778

将一座建筑描述为美的因此也就不单单是一种纯粹的美学趣味；它也意味着受到这幢建筑通过其屋顶、门把手、窗框、楼梯和家具所鼓励的一种特定生活方式的吸引。我们感觉到美也即意味着我们邂逅了一种我们对美好生活所持观念的物化和体现。

与此类似，建筑如果让我们觉得讨厌也并非由于它们干犯了一种私人的以及神秘的视觉偏好，而是因为它们与我们对何为正当之生存的理解起了冲突——也由此解释了针对何为适宜的建筑所展开的争论为什么会如此严重而且恶毒。

19

将讨论的焦点从单纯的视觉感受转向由建筑所鼓励的价值观的好处在于，这样我们就知道到底该如何谈论建筑作品的外观了，

我们希望我们的建筑跟我们说些什么？
左：迈克尔·尚利·霍姆斯，奥肯顿宅，米德尔塞克斯郡，2005
右：山口真琴事务所，别墅，轻井泽，2003

它跟我们进行的更广泛的关于人、观念以及政治议程的争论没多大不同。

关于什么是美的争论并不比关于什么是聪明或什么是正确的争论更容易解决，反过来说，也并不更难。我们可以学习用支持或攻击法律立场或道德姿态的同一种方式去支持或攻击一种美的观念。如果把立足点放在建筑对我们讲述了什么上面，我们就能够理解，并能普适性地解释为什么我们认为一幢建筑是称心或是讨厌的。

建筑会开口说话这样一种观念，可以帮助我们将解决建筑难题的中心摆在我们想要按什么样的价值观来生活这样一个问题上——而非仅仅局限于我们想要它看起来什么模样。

三　会讲话的建筑

1

如果我们对建筑与物品的兴趣真的是由它们对我们讲了什么以及它们如何履行其物质功能这两者同等程度地决定的，那么就值得详细说明石头、钢铁、水泥、木头与玻璃是如何经过排列组合就似乎能够表达自己的这一奇妙的过程——而且极少数情况下还能给我们一种印象，似乎它们对我们讲述的还是些具有重要意义而且深切动人的事情。

2

当然，如果我们花费大量时间用来分析实用物品生发出来的意义，不免也会冒小题大做之讥。全神贯注于解读包含在一个电灯开关或水龙头中的密码，自然容易被那些认为它们不过就是照亮自家卧室或用来漱口的人讥之为缺乏常识。

为了使我们勇敢地面对这种讥笑，为了赢得信心培养一种相反的、对待物品更加勤于思考的态度，去参观一次现代艺术博物馆或许不无助益。在收藏二十世纪抽象雕塑的白色展厅里，我们会获得一种少有的视点，借以体味一堆三维的物质是如何呈现并传递意义的——这种视点反过来也会使我们以一种新的方式来观照我们的家具和住房。

3

在二十世纪的前半个世纪，雕塑家们开始展览似乎根本无法为之命名的物品，这些作品既不志于自打古希腊开始一直统治着西方雕塑的逼肖模仿，而且虽看似有点像室内装饰和家具，却又无任何实用功能。这些雕塑家引起的敬畏与叱骂正旗鼓相当。

尽管有这些局限，抽象艺术家们却认为他们的雕塑作品胜任于表达那些最伟大的主题。很多评论家也表示认同。赫伯特・里德将亨利・穆尔的作品描述为对在一个上帝刚刚离弃的世界中人类善良与残酷的论述，而对于大卫・西尔韦斯特而言，阿尔贝托・贾克梅蒂的雕塑作品表现了在工业社会中人在与真正的自我疏离后的孤独与欲望。

嘲笑那些有时像是巨大的耳塞或翻倒的剪草机的作品大言不惭的所谓重大意义固然容易，不过，在谴责评论家们从最小的东西里面也能读出最大意义的同时，我们更应该敞开心灵，去感受那些抽象雕塑作品向我们展示每一种非具象物品都能传达的思想与情感的维度。那些最富天才的雕塑家们的天才在于让我们懂得，

抽象事物能够表达什么：
亨利·穆尔，《两个形象》，1934

那些重大观念，诸如智慧或仁慈、青春或宁静，都能在木块和线绳，或者石膏与金属装置中得到体现，也同样可以用语言或人或动物的形象来体现。伟大的抽象雕塑作品已经成功地开始向我们讲述，用它们独特的游离的语言，讲述我们生命中那些重要的主题。

反过来，这些雕塑也为我们提供了一个机会，使我们超越日常的习惯去关注所有物品的交流能力，包括我们的建筑及其家具陈设。去一次博物馆也许会激发我们反思自己先前认为一个色拉碗只不过就是个色拉碗的陈腐观念，认识到它事实上还跟全体的观念，跟阴柔气质与无限的时空具有虽模糊却意味深长的关联。放眼望去，那些实用物品，不论是一张桌子、一根柱子或是一整套公寓房，其实都能以抽象的方式表达出我们生命中的某些重要的主题。

4

一个明亮的早晨，康沃尔郡圣埃文斯的泰特美术馆。在一个方形底座上端坐着一尊芭芭拉·赫普沃斯的大理石雕塑作品，首展于 1936 年。虽说你根本不清楚这三块石头到底意味着或代表了什么——这种神秘正体现在其极有节制的标题上：《两瓣与一球》——但它们却总能捕获我们的关注和目光。这件作品的有趣

上：阿尔贝托·贾克梅蒂，《踪迹时刻》，1930；贾斯珀·莫里森，ATM 餐桌，2003
中：安东尼·卡罗，《低语》，1969；密斯·范·德·罗厄，柱子，巴塞罗那展馆，1929
下：唐纳德·贾德，《无题》；迪纳与迪纳事务所，米格罗斯购物中心，卢塞恩，2000

之处集中体现在那个球与托住它的那个半圆形楔状物之间的对抗关系中。那个球看起来很不稳定，动态十足，我们能感觉到它是多么迫切地想滚落承托瓣的斜边并滚过整个房间。与它这种冲劲正好相反，承托它的楔状物却传达出成熟和稳定的感觉：它从一边到另一边都像是满足于温柔地看护并驯化着其负荷物具有的鲁莽劲头。观看这件作品，我们等于见证了一种温柔而又有趣的关系，透过抛光的白色大理石这种原始中介，我们可以感受到庄严和伟大。

心理分析派评论家阿德里安·斯托克斯在一篇论赫普沃斯的文章中曾试图分析这件貌似简单的作品的力量。他得出的结论令人叹服。如果说这件雕塑打动了我们，他大胆地论道，那也许是因为我们在无意识中将其理解为一幅家庭的肖像。那个球的灵动和丰满巧妙地使我们联想到一个正在扭动的面颊肥胖的婴儿，而那个承托的瓣状物摇摆而又厚重的样态则像是个平静、溺爱、臀部宽大的母亲。我们模糊地从整体上领会了我们生活的核心主题。我们在石头中感受到了母爱的寓意。

斯托克斯的论点给予我们两点启示。首先，我们很易于将一件物品解读为一个人或动物的形象。一块石头可以没有腿、眼、耳或几乎任何可以跟生物有关联的特征；但它只需哪怕一丁点母亲的大腿或婴儿的脸颊的暗示，我们就会开始将其解读为一个人。感谢我们的这种投射癖，赫普沃斯的一件雕塑作品就能像一幅直接表现母爱的画作一样令我们动容，因为对于我们内心的眼睛而言，一幅具象的绘画和一堆经过设置的石头在表现力方面实在没

芭芭拉·赫普沃斯，《两瓣与一球》，1936

什么区别。

其次，我们喜欢抽象雕塑以及再推而广之喜欢桌子和柱子的原因，归根结底跟我们崇尚具象场景的原因相去并不遥远。只要它们成功地唤起在我们看来最有吸引力、最重要的人类以及动物的特质，我们就会一视同仁地将这两种不同性质的作品都称为美的。

5

我们一旦睁开眼睛去看，就会发现环绕我们周围的家具和房屋绝不缺少活的形象的暗示。我们能从水罐中看到企鹅，在水壶中看到矮胖和自满的个性，从书桌上看到优雅的小鹿，在餐桌中看到公牛。

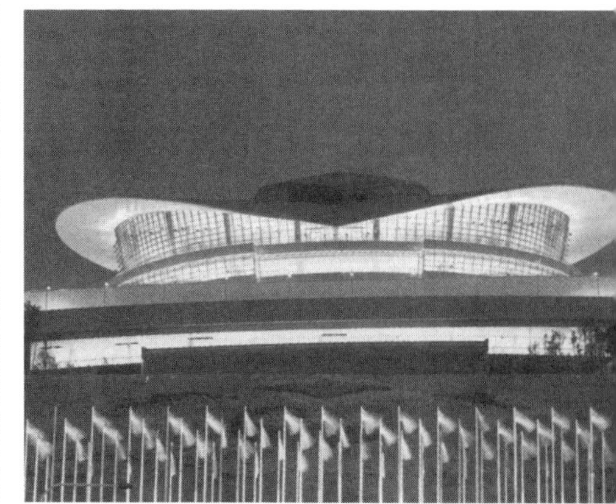

刺猬，甲虫，眼睛和腿：
自左上开始顺时针：福斯特及合伙人，塞奇艺术中心，盖茨黑德，2005
希加·卡都利，会议中心，太子城，2003
阿尔弗瑞德·梅塞尔，韦特海姆商店，柏林，1904
埃克托尔·吉马尔，贝朗热城堡，巴黎，1896

阿尔弗瑞德·梅塞尔设计的柏林韦特海姆商店的屋顶上有一只厌倦、怀疑的眼睛在盯着我们，而巴黎贝朗热城堡由倒立的昆虫腿卫护着。马来西亚太子城会议中心潜伏着一只好斗的甲虫，而盖茨黑德的塞奇艺术中心则令人想起一只和善的活像刺猬的生物。

即便是在诸如字母的字体这样微细的对象中，我们也可以察觉到发育良好的个性特征，我们可以不费吹灰之力就它们的生活状态和白日梦写篇小说。从 Helvetica 字体的字母“f”那挺直的后背以及警觉笔挺的姿态中可以看出一个守时、整洁、乐观的主人公，而他 Poliphilus 字体的表亲却垂着头软着背，活脱一个懒散、羞怯、耽于沉思的人。有关他的故事想必不会有大团圆的结局。

在厨具店里也能发现同样生动的个性分类。高脚杯一般来说显得阴柔些，不过这类杯子却是热心肠的主妇、性感的少女以及神经质的女学者喜好的，而更加阳刚些的平底杯却受到伐木工和苛刻的公务员的欢迎。

将家具和建筑与生物等同起来的传统可追溯至古罗马作家维特鲁威，他将三种主要的古典范式与人或是希腊神话中的神话原型分别作比。多里斯柱式，因其简单的柱顶和敦实的柱身，对应强健好战的英雄赫拉克勒斯；爱奥尼亚柱式，因其具有纹饰的涡卷柱头和基座，对应不动声色的中年女神赫拉；而科林斯柱式，三种柱式中装饰最为繁复而且柱身最高最修长的柱式，对应的则是美丽的青春女神阿佛洛狄忒。

为了向维特鲁威致敬，我们可以在驱车旅行时花点时间将途经的高速公路桥的柱子跟合适的两足对应物做一番比附。你会发现这儿是一位惯于久坐、兴致勃勃的女性撑着一座桥，那儿则是一位谨小慎微、神经兮兮的会计带着一种专横的神气撑起另一座桥。

如果说我们可以透过物品极细微的特征判断出其个性（边缘几度的变化就能使一个红酒杯从谦逊自持一变而为傲慢自大），这是因为我们最先就是从人类身上获得这一技能的，我们可以将人的性格归因于其皮肤组织与肌肉的精微面貌。眼波的一转就能从满含歉意变为理直气壮，尽管这一转在物理意义上几乎可以忽略不计。眉头的一挑就能区别是专注于自己还是关心起了他人，嘴的一抿则表示从难过转为了愠怒。将这类微乎其微的区别分类整理就是瑞士伪科学家约翰·卡斯帕·拉瓦特尔的毕生工作，他四卷本的《论面相》（1783）分析了几乎每一种可能的面相特征的含义并提供了有关下巴、眼眶、前额、嘴巴和鼻子巨细靡遗的分类线描图，每图都附带几个解释性的形容词。

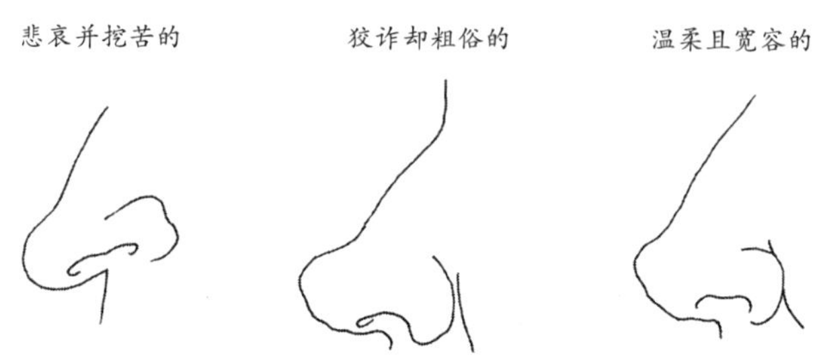

面相的含义：
约翰·卡斯帕·拉瓦特尔，《论面相》，1783

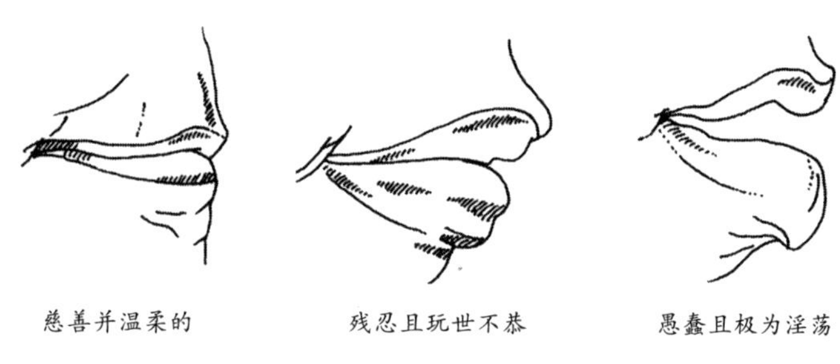

我们会跟从活的形式中抽绎出来的大量信息产生共鸣，所以对立的建筑风格才会引发我们如此强烈的情感体验。如果说仅仅嘴巴的一毫米之差就能区分出瞌睡与仁慈的不同个性，那么两个不同形状的窗户或是屋顶线条应该造就相当不同的感觉也就顺理成章了。对我们而言，善于鉴别我们与其生活在一起的物品的意义自然就跟善于选择与我们朝夕与共的人的面孔一样重要了。

我们感觉一幢建筑不吸引人，也许只是因为我们不喜欢我们通过它的外表模糊辨别出来的某种生物或者人所具有的那种气

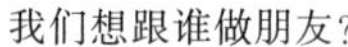

我们想跟谁做朋友？

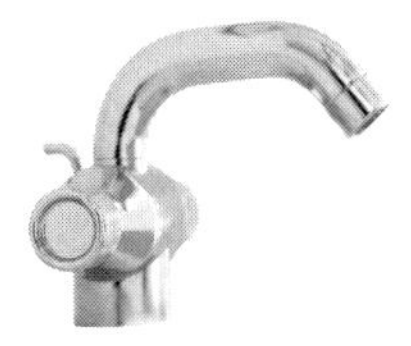
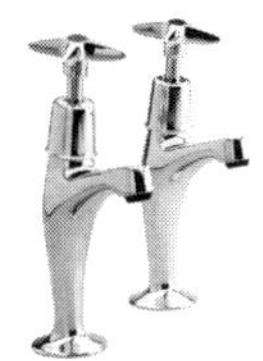
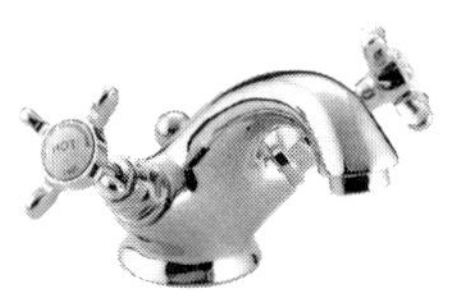

质——正如认为另一幢大厦很美只不过感受到了一种如果放在一个人身上我们会很喜欢的性格。归根结底，我们在一件建筑作品中找寻的跟我们在一个朋友身上找寻的东西并无太大不同。我们认为美的事物正是我们所爱之人的翻版。

6

即便当有些对象跟人丝毫都扯不上干系时，我们也会发现很容易就能想象出它们可能会具有何种人的个性。

我们在体察形式、质地、颜色与人类的关联性方面的能力实在是精微莫测，我们能从最简单的形状中解读出一种个性。一条直线令我们想到某个坚定和迟钝之人，一条曲线则显得浮华和镇定，锯齿形的线条则给人以愤怒和困扰感。

就拿两把椅子的靠背来说吧。两者都似乎传达出一种情绪。曲线形靠背讲述的是轻松和好玩，直线形的则显得严肃并富有逻辑。而这两者都跟人的外形扯不上任何干系。虽如此，这两个靠背支杆却抽象地代表了两种截然不同的性情。一条直木以其自身为媒介表现得如同一个稳定、缺乏想象力的人在生活中的举止，而曲线的弯转则——虽说是间接地——跟一个不慌不忙以及花花公子式的灵魂联系在一起。

正因为我们能轻易地将精神的世界与外部的世界，将视觉的世界与感觉的世界联系起来，我们的语言才充满了隐喻。我们可以说某人受到了扭曲或很黑暗，某人柔顺或是生硬。我们可能有铁石心肠或陷入蓝色情绪。我们可以将一个人比作水泥之类的材料或勃艮第红酒一样的颜色，并绝对有把握就此传达出他或她个性中的某些特质。

德国心理学家鲁道夫·安海姆曾要求他的学生只用线条画来

描述一个好的婚姻和一个坏的婚姻。虽说倒推回去，我们很难将安海姆的要求跟其后的胡涂乱画对应起来，不过虽不中，亦不远，因为它们在捕捉两种不同夫妻关系的某些特质方面还是做得相当成功，令人印象深刻。在一个案例中，平滑的曲线反映出一对相爱夫妻平和、流畅的关系，而旋转的尖刺状图案则形象地表现出尖刻的口角以及猛力摔上的门扇，感觉宛如亲见。

两个关于婚姻生活的故事，选自鲁道夫·安海姆，《视觉思考》，1969

如果说，仅仅在纸上粗率地画几根线条就能精确而且浑不费力地表达出我们的精神状况，那么整幢建筑的表意能力自然是数倍于此的。贝叶大教堂的尖顶拱门传达的是激情与热烈，而乌尔比诺公爵宫廷院中的圆状拱门代表的则是安详与稳定。正如一个人要经受住人生的各种挑战，公爵宫的拱门同样也承受着来自各方的压力，避免了大教堂的外形必定会引发的精神危机与情感迸发。

如果我们把安海姆的习题再推进几步，比如要求我们提供出德国历史上两个不同时期的隐喻形象：纳粹政体与民主共和国，而且如果允许我们使用石头、钢铁和玻璃而非单单一支铅笔，那

相反的性情：
左：公爵宫，乌尔比诺，1479；右：贝叶大教堂，1077

就再也没有比阿尔贝特·施佩尔与埃贡·艾尔曼的建筑设计更有说服力的了，这两位建筑师分别为二次大战前后的两次世界博览会设计了德国馆。施佩尔设计的是1937年巴黎博览会的德国馆，采用的是最典型的力量的视觉隐喻：高、大以及阴影。我们都不用看那届德国政府的徽章，就差不多肯定能感受到这个高达五百英尺的新古典主义巨像传达出来的某种威胁、好斗和挑衅的感觉，咄咄逼人。二十一年以及一场世界大战后，埃贡·艾尔曼在为1958年布鲁塞尔世博会设计的德国馆则采用了一种截然不同的三位一体的隐喻：水平暗示平静，轻盈隐喻亲切，而透明则唤起民主。

材料和颜色竟是如此意味深长，那么，一幢建筑的立面也就自然可以讲述一个国家该如何统治，其外交政策该取何种原则了。政治以及道德理念完全可以写入窗框和门把手。一块石头基座上的一个抽象的玻璃匣子也能够唱出宁静与文明的赞歌。

7

物品和建筑还有第三种表达含义的方式，假如我们获邀出席华盛顿特区的德国大使馆的晚宴，我们可能就会对此有所感觉。这幢官邸坐落在特区西北部一个丛林环抱的小山上，结构宏丽，感觉整饬而又古典，其外墙覆以纯白石灰石，内部以大理石地面、橡木大门以及皮质和钢制家具为主要特色。当我们被引至游廊中享用一杯餐前起泡莱茵红酒和小香肠，当我们礼节周全的主人用其无可挑剔的英语向我们指出地平线上的美景时，我们禁不住会——考虑到相关的历史意识——察觉某种如此猝不及防而又令人震惊不已的东西，简直会让人透不过气来。究其原因，惹得我们惊异不止的并非是这个城市各种地标建筑的侧影，而是宏伟的柱廊本身，它似乎在我们耳边轻声提醒我们那些火把高举的游行、整齐的军队和威武的军礼。德国大使馆的后立面不论是其规模还是形态，在在与阿尔贝特·施佩尔竖立在纽伦堡游行广场的回廊

DEUTSCHLAND

左：阿尔贝特·施佩尔，回廊，齐柏林集会场，纽伦堡，1939
右：奥斯瓦尔德·马蒂亚斯·翁格尔斯，德国大使馆，华盛顿特区，1995

惊人地相似。

当建筑开口向我们讲话时，它们还通过“引用”这种方式——亦即，通过指涉触发我们对先前已经见过的与其相似或作为其原型的建筑的回忆。它们是通过提示我们的联想达到交流目的的。我们在看到建筑或家具时似乎总不免将其与历史及我们个人的环境联系起来；结果，建筑与装饰的各种风格对我们而言就变成了对我们曾经历过的某些时刻以及某些地点的情感纪念。

上：阿尔贝特·施佩尔，德国馆，世界博览会，巴黎，1937
下：埃贡·艾尔曼，德意志联邦共和国馆，世界博览会，布鲁塞尔，1958

我们的眼睛和头脑实在敏感已极，即便是最微不足道的细节都能触发记忆。装饰派艺术字母“B”的大肚子或是“G”大张着的下颚就足以令我们想起头戴大圆帽子的短发女人以及棕榈滩及勒图克的假日广告招贴画。

ABCDEFGHIJKLMNOPQRSTUVWXYZ

正如洗衣粉或一杯茶的气味可以释放出整个童年，整个的文化也能从几根线条的角度中一跃而出。一个陡直的铺瓦屋顶立刻就能令你想起英国的艺术与手工艺运动，而复斜式屋顶则会同样迅速地唤起你对瑞典历史以及在斯德哥尔摩南部群岛度假的记忆。

左：C.F.A. 沃伊齐，蒙可利格，坎布里亚，1899
右：斯塔拉霍尔曼，近玛丽弗雷德，瑞典，约 1850

经过伦敦埃塞克斯路上的卡尔顿影院时，我们可能会注意到它的窗户具有某种怪异的埃及风味。这个描述建筑风格的术语之所以涌上心头是因为在过去的某一时刻——也许就是某个我们边吃晚餐边观看一部有关古埃及的纪录片的夜晚——我们的眼睛留

左：伊希斯神庙，菲莱岛，约前 140
右：乔治·科尔，卡尔顿影院，埃塞克斯路，伦敦，1930

意到了卡纳克、卢克索以及菲莱岛许多通往神庙的塔门的角度。如今我们能重拾那半已忘却的细节，并将其用以限定城市里的一扇窗的这一关联过程，正好证明了我们的潜意识能够掌控并能自由关联那些我们有意识的自我也许完全无法胜任的信息。

依赖我们这种关联的能力，建筑师在使他们的拱门和窗户现出波纹时就可以满有把握：它们会被理解为对伊斯兰风格的调用。他们如果用不上油漆的厚木板铺设走廊那就是在暗示乡村和自然风。他们如果在阳台周边装上厚厚的白色栏杆就等于让他们的海边别墅诉说着邮轮和航海生活。

不过这种关联也有其麻烦的一面，即其武断的本性，它会导致我们对一个物品或一幢建筑妄下断语，而并不关乎其本身特别的建筑优缺点。我们可能是基于其象征而非其自身来做出判断。

比如说，也许我们决定讨厌十九世纪的哥特式建筑，只不过因为它碰巧跟我们在大学里待得很不开心的一幢房子是同一种风格，或者我们之所以谩骂新古典主义（以德国大使馆或建筑师卡尔·弗里德里希·申克尔的作品为典范）是因为它曾不幸为纳粹所喜。

那么该如何防止建筑以及艺术风格沦为恶意关联的牺牲品呢？我们只需谨记，在绝大多数情况下，时间是它们重新焕发魅力的最重要的因素。隔开几代人或者更久远的距离后，我们就可以不受任何时代都几乎在所难免的偏见的左右来观照物品与建筑了。随着时光的流转，我们就能做到欣赏一座十七世纪童贞马利亚的小雕像而不会受到过分热忱的耶稣会士或宗教裁判所的火刑形象困扰了。世易时移之后，我们就能做到因其本身的风格接受并热爱洛可可式的细节设计，而不再单纯将其视作因革命复仇而愈加短寿的贵族衰亡的符号象征。事过境迁之后，我们甚至有可能做到站在德国大使馆的游廊中，欣赏着廊柱高傲、雄浑的外形而不再困扰于纳粹冲锋队员以及高举火把的游行队伍的记忆。

我们可以将真正美丽的建筑定义为赋有足够多先天的优点，足以经受住我们不论正面还是负面的心理投射的建筑。它们赋有真正美好的品质，而非单单令我们想起这些品质。它们因此能够超越其时间或地域的起源，并在它们最初的观众早已消失之后仍能传达出它们包含的意图。不论我们要么过于慷慨要么过于苛酷的联想如何消长起落，它们都能一如既往秉持自己的品质，岿然不动。

8

尽管物品和建筑拥有表达的潜能，可是对于它们说的到底是什么的讨论仍非常鲜见。相比于去探究其人格化的、隐喻性的、情感共鸣性的意义，我们在思忖其历史起源以及风格转义时显得更舒服些。挑起一个讨论一幢建筑在说些什么的话题总归觉得怪怪的。

如果建筑特色能更加直白地跟它们表达意义的方式挂上钩，我们也许会觉得这样的活动能进行得轻省些——比如，要是有这么一本辞典，能系统地将媒介和形式与情感和观念联系起来就好了。这样一本辞典将最有助于分析材料（铝和钢，或者陶土和水泥）以及风格与规模（每一种可以想象到的屋顶角度以及每一种柱式的风格与尺寸）的意义。它应该有具体分析凸线与凹线以及反光玻璃与平板玻璃之不同意义的段落。

这样一本辞典将类似一本巨型目录，它能向建筑师提供有关照明器材与五金用具的信息，不过其重点不在于强调其机械性能及遵循建筑规则的重要性，而在于详细阐释建筑构成中的每一要素的表意潜能。

除了在细节方面包罗万象之外，这样一本辞典还应当承认这样一个事实：正如一个单字的改动就能改变你对一首诗的整体感受，当门窗的过梁由直线式石灰石改为略弯的砖石时，我们对一幢房子的整体印象亦会随之大为改观。有了这种帮助后，我们也许会成为我们所处环境的一个更为有心的读者和作者。

9

然而，即便是如此有用的一本手册，它虽能够向我们解释建筑会对我们说些什么，却无法解释清楚到底是什么使某些特定的建筑能说得更加漂亮。

我们心仪的建筑，说到底就是那些不管以何种方式礼赞我们认可的那些价值的建筑——亦即，要么通过其原材料，要么通过其外形或是颜色，它们能够表现出诸如友善、亲切、微妙、力度以及智慧等重要的积极品质。我们对美的感觉与我们对美好生活之本质的理解是纠缠在一起的。我们在我们的卧室中寻求与和平相关的感觉，在我们的椅子中寻求慷慨与和谐的隐喻，在我们的水龙头上寻求诚实与坦白的态度。我们会被一根优雅地托起屋顶的柱子所打动，会被暗示出智慧的饱经沧桑的石阶所打动，亦会被通过其扇形气窗显示出活泼与殷勤的乔治王朝风格的大门所打动。

还是司汤达将视觉趣味与我们的价值观之间的隐秘关联表达得最为通透，他曾写道："美即对幸福的许诺。"他这个警句的精

对活泼与殷勤的许诺：
托马斯·莱弗顿，扇形气窗，贝德福德广场，1783

彩之处就在于将我们对美的热爱与美学上的学术成见区分开来，转而将其与我们作为完整的人需要发扬光大的那些品质熔铸为一体。如果对幸福的追求就是我们人生中最根本的要务，那么美所蕴涵的根本主题理所当然也该如此。

每种建筑风格都诉说着一种对幸福的理解：
约翰·帕尔蒂，达科特宅，新福里斯特，2004

不过因为司汤达敏锐地认识到我们对幸福的要求的复杂性，他聪明地避免对美的类型做出任何的定义。毕竟，有的人可能认为虚荣与亲切同样迷人，或者挑衅与尊重一样有趣。司汤达通过使用“幸福”这个极富包容性的词汇，涵盖了人类追求的目标的宽广范畴。因为理解了人类不论是在视觉趣味还是伦理观上都各不相同，他才这样说：“有多少种幸福观，就有多少种美。”

称赞一幢建筑或一种设计是美的，也就是将其认作了一种对我们的繁荣昌盛至关重要的价值的再现，它通过物质的媒介将我们个人的理想体现了出来。

四　理想的家

记 忆

1

假如我们描述为美的建筑和家具果能唤起幸福的几个方面，我们也许还该再追问一句：我们为何认为这样的唤起是必不可少的。我们为何需要类似尊严和透彻这样的品质在我们的生活中起到一定作用并不难理解，不过我们为何需要周遭的环境跟我们诉说这些品质则稍稍需要探究一下。我们的环境跟我们说什么到底有何相干？建筑师们干吗该费心去设计那些能跟我们交流特定情感与理念的建筑，而且我们为什么就该这么被动地等着被那些跟我们认为是错误隐指的东西产生回应的所在所影响？我们为什么这么易于，这么不合时宜地易于受到我们居住其间的这些空间所说的内容的影响？

2

我们对于周遭环境的敏感也许可以追溯至人类心理的一个恼人的特征：追溯至我们在我们体内容纳了众多不同的自我，而他们并非全都同等地感觉像“我们”，这种情况甚至非常严重，以至于当某些特定情绪来袭时，我们都会抱怨我们已经偏离了我们自认的真实自我。

不幸的是，我们在类似时刻迷失的自我，我们的性格中那难以捉摸的真正的、有创造性的、自发的侧面，却是由不得我们凭意志去唤起的。说起来惭愧，我们通往其间的途径在一定意义上是由我们碰巧身处其中的所在，是由砖石的颜色、天花板的高度以及街道的布局所决定的。在一个被三条高速公路夹死的旅馆房间或是破败高层住宅区的一块荒地上，我们的乐观态度与意志力都会有渐渐枯竭的趋势，像水从一个破缸里流尽一样。我们会开始忘记我们曾有的雄心壮志或是感觉精神焕发、胸怀希望的所有理由。

我们拐弯抹角地仰赖我们所处的环境表现出我们尊崇的情绪和观念，并且提醒我们意识到它们的存在。我们期望我们的建筑就像一种精神气质一样促使我们成为一个更有希望的自我。我们在自己的周遭安排下种种物质形式来告诉我们——不过也要冒不断忘记的险——内心真正的需要。我们转向墙纸、长椅、绘画和街道，以阻止我们真正自我的迷失。

反过来，我们将那些其态度配得上并支持我们自我的所在敬称为“家”。我们的家并非一定是我们的永久居留之地，并非一定要有我们的衣橱才配得上这个称号。将一幢建筑称之为家不过是承认它跟我们珍视的内在之声恰好合拍。家可以是一个机场或是一个图书馆，一个花园或是一个高速公路边的小餐馆。

我们对家的热爱反过来亦是承认我们的个性决非自我决定的。我们在心理意义上需要一个家就如同在肉体上一样迫切：需要它来补偿我们的脆弱。我们需要一个避难所以支持我们的精神状态，因为这个世界是如此异己。我们需要我们的房间使我们不致偏离我们理想的自我并使我们那些重要的、易于迷失的侧面生生不息。

3

也许最关心环境在决定个性方面起到的作用的正是这个世界上那些伟大的宗教，它们虽很少建造可以供我们入睡的地方，却显示出对我们需要一个家的最伟大的同情。

宗教建筑的最基本原则植根于这样一种观念：我们身处何处最能决定我们信仰何物。对于宗教建筑的辩护者而言——虽说他们确信我们是出于理性达到信仰的——我们的信仰只有在不断因我们的建筑而得到确认的情况下我们才会可靠地献身于它。面对被我们的情欲所腐化以及被社会交往与闲言碎语引入歧途的危险，我们需要那些我们自身之外的价值观能够鼓励并加强我们内心渴望的所在。墙壁或天花板上描绘了什么可能直接关涉到我们距离上帝的远近。为了跟我们最诚挚的部分不离不弃，我们需要镶金裹翠的嵌板、彩绘的玻璃窗以及砾石路铺砌得完美无瑕的花园。

4

几年前，我受阻于一场倾盆大雨，又正逢午饭被朋友爽约，多出一两个小时要消磨，于是避进伦敦维多利亚街上一幢烟色玻璃与花岗岩的大楼，那是麦当劳的西敏寺分店。餐馆里的气氛严肃而又专心。顾客们独自在进餐、读报或者盯着棕色的瓷砖，坚决而又粗暴地咀嚼着，与其相比，哪怕是饲养棚里的气氛都会显得更加欢快更有礼貌。

这场景使各色各样的观念都变得荒唐可笑，诸如：人类有时也会不计回报地帮助他人；人与人之间的关系偶尔也出于真心诚意；生命也许值得忍耐……这家餐厅真正的本事就是能使你焦虑难安。那刺目的灯光，冰冻薯条被扔进油锅里的刺喇刺喇声以及柜台工作人员那狂乱的举止，等于是在一个混乱而又暴力的宇宙中促使你去体味生存的孤寂与毫无意义。剩下的途径惟有继续埋头大嚼，以期抵消掉我们进餐的这个场所带给我们的不适。

不过，我不愉快的进餐被三十个左右高得不可思议的金发芬兰少年的到来打断了。发现自己竟然跑到这么远的南方而且冰冷的雪竟也变成了雨让他们大为震惊，也因此情绪极度高涨，他们于是通过拔出吸管、引吭高歌而且互相背来背去来表达兴奋之情——引得餐厅的工作人员不知所措，拿不定主意是该制止这样的行为呢还是将其视作好胃口的保证予以尊重。

这帮叽叽呱呱的芬兰少年促使我的拜访就此告终。我把桌子收拾干净，走出餐厅来到紧邻的广场，然后我有生以来第一次真正注意到西敏寺那突兀、壮丽的拜占庭式风格，它那红白两色砖块砌就的高达八十七米的钟楼直刺入雾蒙蒙的伦敦苍穹。

受到雨天和好奇的驱使，我步入一个巨穴般的大厅，陷入浓重的黑暗，衬着这个底色的是一千支还愿的蜡烛，它们金色的光影摇曳地映出镶嵌画以及苦路十四处[1]的雕刻画。空气中弥散着香熏的气味与教徒喃喃的祈祷。中殿正中的天花板上悬挂的是高达十米的十字架，一面雕刻的是耶稣，另一面是他母亲。围绕高高的圣坛的是用镶嵌画表现的基督在天堂受到崇拜，天使环绕的情景，他一脚踩在一个球上，双手捧着一个圣杯，杯里满溢着他本人的鲜血。

外部世界浮泛的喧嚣早已让位于敬畏与静默。孩子们紧靠父母站立，带着一种迷惑的敬畏感四处打量。观光客也都本能地压低嗓音，仿佛深陷在某个他们不希望马上抽身而退的集体梦境中。大街上的对面不相识已经被一种特别的亲密所包容。人性中每一种严肃的特质都似乎被呼唤至表层：你会不由得思考有限与无限，无力与崇高。这幢石造的建筑给一切妥协和迟钝带来宽慰，并点燃了我们追求完美的向往。

在教堂待了十分钟后，一系列在外面绝难想象的观念竟然开

1 天主教顺序排列于教堂中或道旁供人膜拜的十四个十字架，各配有介绍耶稣受难经历的图画或雕像。

我们身处何处信仰何物?

左：埃尔瑟姆、派克与罗伯茨建筑事务所，麦当劳餐厅，艾什顿宅，维多利亚街，伦敦，1975

右：约翰·弗朗西斯·本特利，西敏寺中殿，伦敦，1903

始显得触手可及。在大理石、镶嵌画、暗影与香熏的影响下，耶稣就是上帝之子并曾徒步穿越加利利海的事迹竟显得绝对可能起来。面对雪花石膏的童贞马利亚雕像以及用以衬托雕像的红、绿、蓝色大理石，你完全有理由想象一位天使随时都会穿越伦敦上空厚重的积云，通过中殿的一扇窗户进入教堂，吹响黄金的小号，用拉丁文宣布一起即将到来的天国盛事。

四十米之外，在那群芬兰少年的派对和炸薯条的油锅相伴之下听来简直就是发疯的这些概念，已然成功地获得了至高的意义与尊严——竟然全赖一幢建筑之功。

5

创建特别的基督教场所和建筑，以期帮助人们更加接近福音真理的最初尝试，可追溯至基督诞生约两百年后。在罗马异教

《分面包》，普里西拉地下墓室，罗马，公元三世纪

的大街下面隐藏着低矮的密室，没有经过任何训练的画家们在只能以烛光照明的密室里往石灰石墙面上粗率地描画着耶稣一生的事迹，那种原始的风格倒足以为艺术学校没什么天分的学生张目。

不过，正因其朴拙，这些基督徒的地下墓室才更加动人心魄。它们显示出建筑与艺术冲动的最纯粹的形式，没有任何天才或金钱的苦心经营。它们彰显出在有权有势的大恩主以及熟练工匠全然缺失，更没有技艺与资源可言的情况下，信仰的力量是如何在自发的推动下在潮湿的地窖墙上涂抹出天国形象的——以此确保他们周遭的环境将增强他们内心的真理。

自公元379年狄奥多西大帝宣布基督教为罗马帝国国教始，教堂建筑师们就可以自由地为其理想大张旗鼓地创造地上的家园了。在大教堂的时代，他们的热望创造出了一种完美的典范，用石头和玻璃造就的巨大宝石生动地表现出圣书中描绘的天堂。

在一个中世纪的人眼中，大教堂就是上帝在尘世间的住所。亚当的堕落或许扰乱了宇宙的真正秩序，使尘世的大部分变得罪孽深重、秩序失衡，可是只要置身于一座教堂中，伊甸园那本源的、几何学意义上的美就又重新复活了。透过彩绘玻璃窗那熠熠生辉的阳光预示了来生的光明前景。在这个神圣的巨穴中，启示录中的断言似乎不再遥远和怪异，变得如在目前、触手可及。

对页：兰斯大教堂西立面，1254年后

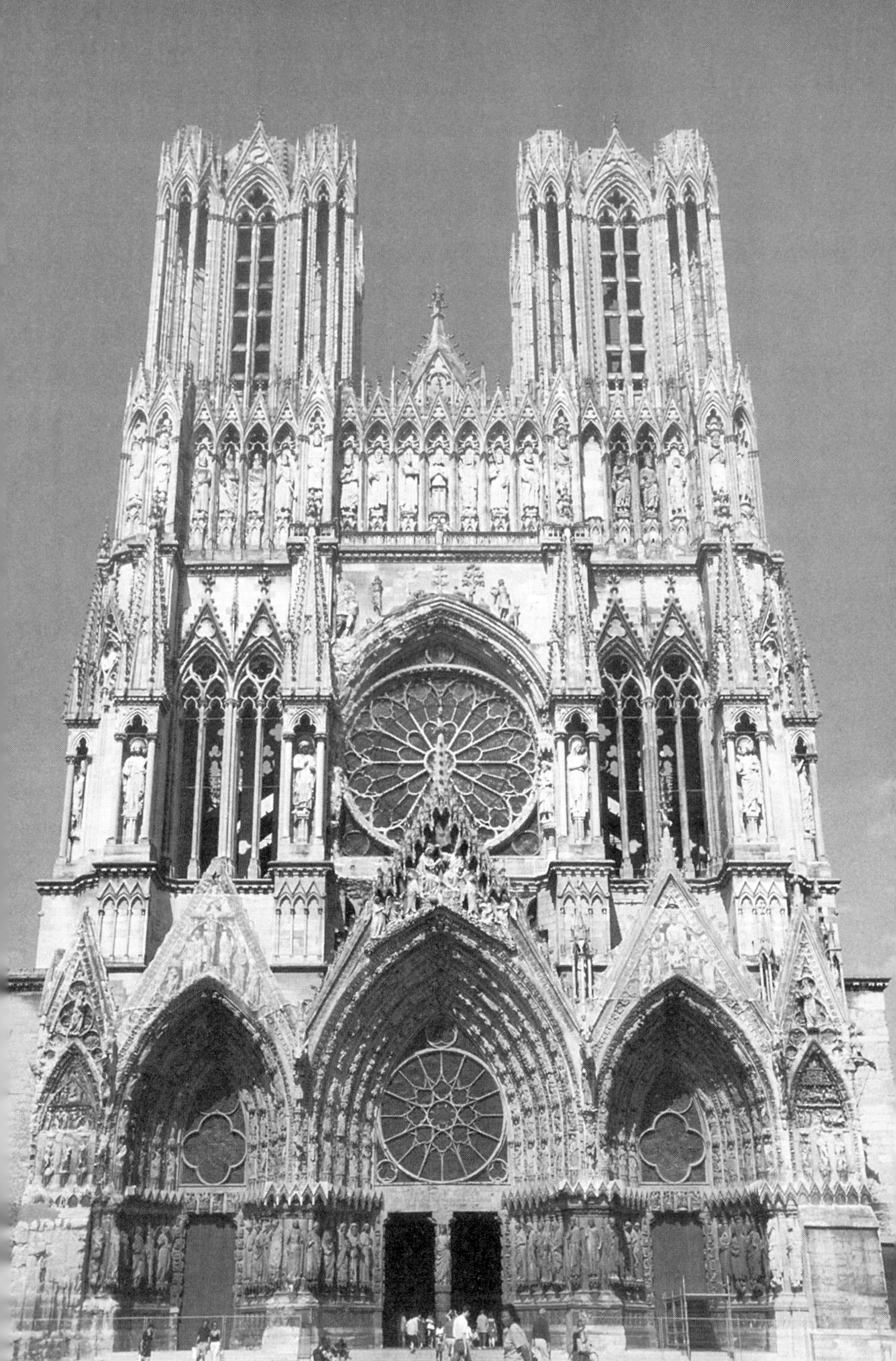

今天带着相机和导游手册参观大教堂时，我们也能体验到某种跟我们惯常实用主义的凡俗态度的格格不入：一种奇特又难堪的欲望，想双膝跪下膜拜一种跟我们自身的渺小和缺陷完全相反的庄严而又崇高的存在。这种反应自然决不会出乎教堂建设者的意料，因为他们努力的方向恰恰就是要我们放弃自己的自负和自足，他们建造那轻盈的墙壁与蕾丝般天花板的目的正是为了在哪怕最清醒的心灵中造成非但似是而非而且无法抗拒的超自然的冲动。

6

为早期伊斯兰教服务的建筑师与艺术家们也同样受到创造一个实际的背景以支持其宗教主张的愿望驱使。相信主就是一切认知理解的源泉，伊斯兰教尤其强调数学的神性。穆斯林工匠在住宅与清真寺的墙上覆满精巧而又复杂的重复不断的几何图形，主的无限智慧可以透过这些图形得到彰显。这种装饰图案，织在地毯画在茶杯上会精微复杂得很可爱，但应用于整个厅堂时就足以引起幻觉了。平常只习惯于观看日常生活中实际又单调物体的眼睛到了这样一个房间，就要用来审视一个跟日常生活毫无联系的世界了。如果不能抓住其隐含的逻辑，我们的眼睛就只能感觉到一种对称。换种说法，这样的作品就是摆脱了一切人类限制的一

上：图拉贝格·哈努姆陵的穹顶，昆雅，乌尔根奇，1370
下：瓷砖，摩尔人国王的宫殿，塞维利亚，十四世纪

种精神的产品，就是一种丝毫没有沾染人类的粗鄙的更高级的天赋的创造，也因此值得无条件的敬畏。

伊斯兰的建筑师非但在他们的建筑上以象征的方式表现他们的宗教，而且还直接书写宗教的经文。奈斯尔王朝诸王的艾勒汉卜拉宫的走廊上就展示着圣书的经文，用花叶装饰的库法字体刻写在镶板上。“奉至仁至慈的真主之名。真主，除他外，绝无应受崇拜的；他是永生不灭的，是维护万物的。”在一个接待室与目光齐平的位置就刻着这样的赞美诗。宫殿建筑群中囚禁塔的正室悬挂着一块嵌板，用磷光闪闪的复杂样式以几何与植物的形状透雕出字母。*Al-mulk li-llah*（“权力属于主”），那面墙如此宣告，这些字母的笔画延伸出来，形成一个半圆的拱形，再与另一组铭文的枝翼先是区分，再是交叉，最后交叠在一起：*Al-'izz li-llah*（“荣耀归于主”）——文字与形象完美地融合无间，用以提醒观看者伊斯兰式生存的最终目的。

7

不论是早期的基督教还是伊斯兰教，神学家们对建筑的认识在现在听来实在匪夷所思，也因此值得再四深思：他们提出，美丽的建筑具有提升我们道德和精神的力量。他们相信，优雅的环

对页：伊本·贾亚卜，装饰性石膏嵌板，囚禁塔正室，艾勒汉卜拉宫，约 1340
Al-mulk li-llah= 权力属于主；*Al-'izz li-llah*= 荣耀归于主

境不是在腐化我们，也并非颓废者的理想放纵之所，而是能够潜移默化地推动我们接近完美。一幢美丽的建筑能够增强我们向善的决心。

在这一不同凡响的宣言背后还隐藏着另一惊世骇俗的信念：即对于视觉与道德畛域的等量齐观。迷人的建筑被当作一种不需要语言的善的化身——而丑陋的建筑自然也就是恶的物化。由此推之，一个通过其简洁令我们愉悦的简单的门把手也就同时能提醒我们认识到节制与适度的美德，同样，精心安置在窗框中的一块窗玻璃也就能无声地就雅驯这个主题给我们来一番布道。

美与善在道德上的等同也赋予所有建筑一种全新的严肃与重要意义。在欣赏木地板因日久生成的高雅光泽时，我们将不再只是因一种室内装饰而倍感愉悦。我们也同时等于上了一堂讲述正义的课。

早期神学家们暗示，经由“美”甚至可能使我们更透彻地理解“主”，因为创造了世间众美的正是他：晨曦中的东天，森林，动物，甚至室内的物品诸如扶手椅，一碗柠檬以及透过棉布窗帘射到餐桌上的一缕午后的阳光。在与富有魅力的建筑相处时，我们也就等于亲近了精妙、智慧、仁慈与和谐的终极造物主的一鳞半爪。十一世纪有位穆斯林哲学家伊本·西拿曾如此论道：欣赏一座清真寺的完美无瑕、秩序井然以及协调对称，也就等于在同时认识到神的荣耀，因为“主是众美之源”。十三世纪的林肯主教罗伯特·格罗塞特斯特为了弥合信仰的分歧，曾要求我们画“一幢美丽的房屋，这个美丽的宇宙。想象一下这个或那个美丽的事物。但这之后要省去‘这个’和‘那个’，想象一下是谁将‘这个’和‘那个’造得如此美丽的。尝试去看透美的自身到底是什么……如果你成功了，你将看到上帝本身，看到寓于众美之物中的终极之美”。

早期神学家们就视觉畛域做出的另一发人深省的论断是，经由看而非读可能更易成为主的忠实仆人。他们认为建筑对人类的塑造可能比经文更有效。因为我们是感觉的造物，如果我们经由眼睛而非我们的理智接受精神的律条，我们的灵魂得到强化的概率会更高。通过凝视瓷砖的排列可以比研习福音更易学到谦卑，经由一扇彩绘玻璃窗可能比通过一本圣书更易习得仁慈的本质。与美丽的处所朝夕相处并远离自我放纵的奢侈享受，据信就会一心向善，成为受人尊敬之人。

8

俗世的建筑或许没有清楚确定的意识形态要捍卫，没有什么神圣的经文要援引，也没有什么神祇要崇拜，不过，正如宗教建筑一样，它也拥有塑造进入其轨道之人的力量。宗教对待其环境装饰的庄严态度引得我们也赋予非宗教的装饰同等的重要意义，因为它们同样也能为我们身上更好的部分提供一个家。

追求建筑之美——不论是俗世的还是宗教建筑——的鼓吹者，证明他们的野心是正当的，最终根据即通过对同一现象的征引：一个人住在什么房间里直接影响到其自我实现的程度。

普通房屋建造者面临的挑战与沙特尔大教堂和伊斯法罕伊玛目清真寺的建筑师并无二致，虽然他们的预算更接近当初古罗马地下墓穴的那些画匠。在俗世的背景下，我们的目标仍是确立那些特别的对象与装饰风格，它们会跟我们特定的有益的内在状态相互关联并能激励我们在内心中将其发扬光大。

9

不妨设想一下能在每天的傍晚返回一个类似斯德哥尔摩以北卢镇那样的住宅的情形。我们的日常工作中塞满了各式各样的会议、虚情假意的握手、闲聊和官僚主义，搞得人精神紧张、妥协退让。我们会为了争取同事的支持大讲我们并不相信的鬼话，会为了那些我们并不真正关心的东西又是眼红又是焦躁。

不过，当我们终于独自一人透过大厅的窗户望着屋外的花园以及渐渐四合的夜色，我们就能慢慢地重新跟更加真正的自我建立起联系，而他一直就在舞台边静候我们结束我们的表演。我们隐藏起来的爱玩儿的侧面会受到大门两侧的花卉油画的鼓励而跃跃欲试。亲切的价值会因窗帘精致的褶痕得到确认。我们对那种适度、富有同情心的幸福的兴趣会因地上铺的毫不矫饰的原木地板而得到滋养和强化。那些环绕我们的材料会向我们说起我们自己怀抱的那些最高的理想。在这样的场景中，我们就能接近一种

纳斯宅，卢镇，斯德哥尔摩以北，约 1820

诚实又富有生机的精神状况。我们会觉得内心得到了解放。我们终于能够——在一种深刻的意义上讲——回家了。

无须崇拜任何神祇，一个家就能帮助我们怀想起我们真正的自我，其作用并不逊于一座清真寺或是小教堂。

10

不但是整个房间，单单一幅画就能帮助我们重获我们自身迷失而又意义非凡的那些部分。

就拿威廉·尼克尔森一幅画为例吧，它不过细致地描绘一个碗、一块白桌布和几个没剥壳的豆荚。第一眼望去，我们可能就会感到一阵黯然神伤，因为我们意识到我们距离它的那种冥想、敏感的精神，距离它表现出的那种质朴、感恩的美以及日常生活的尊贵已经何其遥远了。

在想拥有这一画作、把它挂在我们可以日夕玩赏的地方背后，也许隐藏着另一种希望：即通过不断地看到它，它的品质能够逐渐影响到我们。夜晚经过楼梯最后看到的是它，清晨上班去的路上最后看到的仍旧是它，它会起到一种类似磁铁的影响，会把我们性格中那些湮没了的游丝吸回到表层。这幅画会像个卫兵般护卫着我们的心境。

我们珍视特定建筑的原因在于它们能够使我们已然畸形的本性重新恢复平衡，并激励起我们必须首要处理的俗务迫使我们牺

威廉·尼克尔森，《有光泽的碗与青豌豆》，1911

牲掉的那些情感。感到竞争的压力，感到嫉妒和敌对情绪并不需要主观努力，但在一个广大庄严的宇宙中感觉谦卑，在夜晚来临时渴望平静或者渴望严肃和温柔——这些情感跟我们内在的风景却构不成相关性，这种令人悲哀的缺失或许能解释我们为什么希望将类似的情感绑缚在我们家里的一桌一椅之上。

建筑能够勾留住我们那些转瞬即逝、胆小羞怯的念想，将其放大、巩固，并因此使我们得以永久地通达那些除此之外我们只能意外、只能偶尔体验到的一系列情感肌理。

我们的家居空间所体现出来的情绪并不需要如何特别地甜蜜或家常。这些空间既能向我们讲述温柔，也同样能欣然地讲述阴郁。在家的观念与漂亮可爱等之间并无必然的关联；我们以“家”呼之的可以是任何一个地方，只要它能成功地使我们更加牢靠地亲近到那些被更广大的世界所忽略，或我们心烦意乱、犹豫不决的自我无力把握的重要事实。

建筑正如写作，都是为了把那些对我们真正有意义的东西记录下来。

11

既然建筑具有纪念的功能，那么世界上众多文明中最早最重要的作品都是陵墓性建筑也就并非巧合了。

约四千年前，我们的一群新石器时代的祖先在彭布鲁克郡以

新石器时代的墓室，彭特伊凡，彭布鲁克郡以西，约公元前2000

西的一座山坡上徒手竖立起一系列巨大的石头并覆以泥土，用以标记他们的一位族人埋葬的地点。墓室早已在漫长的岁月中完全湮没，那位族人的尸体甚至身份也已无迹可循，而他的尊号肯定一度曾被沿不列颠群岛潮湿的海岸线聚居的众多族系怀着敬畏之情提起。不过这些石块仍然保留着滔滔雄辩的能力，它们传递的是所有陵墓建筑众所公有的信息，从大理石的坟墓到粗陋的木制道旁神龛——即“牢记不忘”。可是那凿刻粗陋、青苔遍布，直立着的巨石如今只能孤寂地俯瞰一片只有羊群和偶尔前来避雨的徒步旅行客出没的荒原，而且不论当初纪念的是谁，我们已经一无

所知的事实更增添了其中的辛酸意味——不过话又说回来了，那位昔日的部落首领的意愿竟能强大到激励他的部落为了纪念他抬起一块四十吨重的拱顶石，这本身就证明他没有被忘却。

害怕遗忘任何珍贵的东西都能触发我们竖起一幢建筑的愿望，就像用一块镇纸压住我们的记忆。我们甚至有可能步芒特·埃奇库姆伯爵夫人的后尘，这位夫人在十八世纪后期于普利茅斯郊外的一座小山上竖起了一块高三十英尺的新古典主义风格的方尖碑，不过是为了纪念一头非同寻常敏感的叫丘比特的猪，她丝毫不觉踌躇地将其称为她真正的朋友。

渴望牢记不忘赋予了我们为不论是活人还是死人竖碑造屋的理由。正如我们为了纪念失去的挚友亲朋竖起坟墓、纪念碑和陵寝，我们同样也为了帮我们记起我们自身重要却易逝的部分建造并装饰起建筑物。我们家里的绘画和座椅与旧石器时代巨大的坟堆具有异曲同工之意，不同之处仅在于它们的大小适合我们的日用和生活所需。我们的家居物品也同样是我们身份的纪念物。

12

我们有时也会自觉惭愧地渴望为了在他人面前吹嘘自夸而造一个家。不过说到底，只有在我们自身最真实的部分就是极端利

对页：丘比特纪念碑，普利茅斯，约 1790

己的情况下，我们才会真正因为想炫耀而去创造我们的家。相反，在其最真实的意义上，建筑的冲动是与对交流与纪念的向往联系在一起的，那是一种经由一种记录而非文字向世界宣称我们是谁的向往，使用实物、颜色和砖块的语言：是一种让别人知道我们是谁并在这个过程中提醒我们自己不要忘记的渴望。

理 想

1

1575年，威尼斯市委托画家保罗·韦罗内塞为总督宫的大厅——议政厅画一组新的天顶画，议政厅是总督审议政事以及接见权贵与各国使节之处。

完工的作品是以寓言形式对威尼斯政府的一次盛大歌颂。在中央嵌板上，韦罗内塞将威尼斯描画为一位庄重美丽的海洋女王，由两位侍女陪侍左右，一位代表正义（手持一对天平），另一位代表和平（她用皮带拴住一头睡眼惺忪、毫无凶相的狮子——以防万一）。周边环绕的较小的嵌板上描绘的是威尼斯辅助性的美德。《温柔》表现的是一位年轻的金发美女，膝头上靠着一头温顺的羔羊。她旁边是《忠诚》，一位浅黑肤色的少女爱抚着一条圣伯纳德

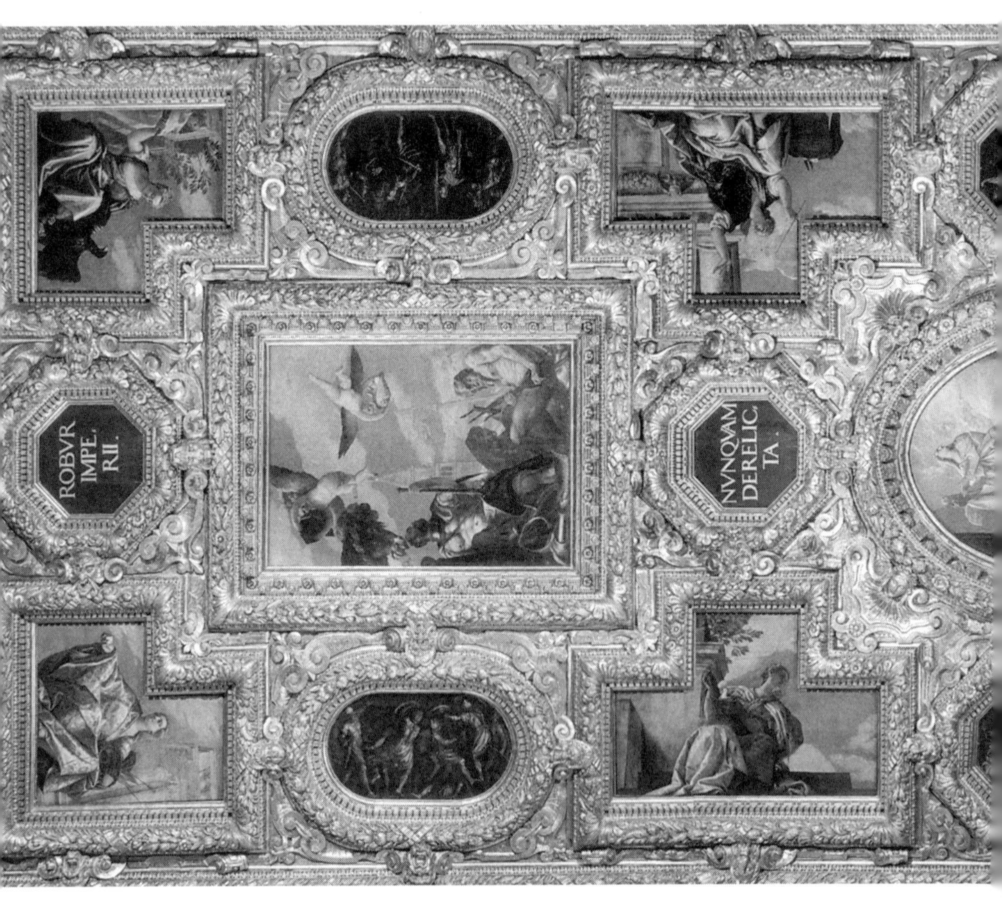
ROBVR
IMPE,
RII.
NVNQVAM
DERELIC,
TA.

前页：保罗·韦罗内塞，《温柔》，议政厅，总督宫，威尼斯，约 1575
本页：保罗·韦罗内塞，《威尼斯的胜利》，议政厅

安德烈亚·帕拉弟奥，圆厅别墅，威尼托，1580

犬的脖颈。这两幅画对面是《繁荣》，由一位面色红润、稍嫌丰满的女性代表，身着低胸礼服，拿着一只满溢出苹果、葡萄和橘子的丰饶角。对着她的是《节制》，画的是一位头发束起、露出一边乳房的健美少女冷冷地微笑着拔掉一头凶相毕露的老鹰（代表的可能是土耳其或西班牙人）的羽毛。从韦罗内塞的天顶画看来，威尼斯共和国简直没有丝毫非正义、和平、温柔和忠实的影子。

1566 年，一位名叫卡农·保罗·阿尔梅里科的学者、朝臣外兼商人邀请韦罗内塞的同代建筑师安德烈亚·帕拉弟奥为他在距威尼斯只有数英里之遥的地方建一幢乡间别墅，供他及其家人逃离政治阴谋以及在共和国水域发生的地方性疾病避居之用。帕拉弟奥对于古罗马的建筑如何能完美地体现其社会的理想——秩序、勇气、自我牺牲以及尊严——极为感佩，他想通过自己的设计发扬一种堪可与之比肩的文艺复兴意义上的高贵品性。他 1570 年的著作《建筑四书》的标题页将通过一幅寓言性的版画将这一说教性的雄心表现得清清楚楚：两位代表建筑的少女向美德女王行礼致敬。圆厅别墅平衡和谐的正立面，帕拉弟奥为阿尔梅里科构思的这幢宏大的府邸，看来就是这一理想在地上的实现，在威尼托阳光明媚的平原上，日常生活中的争斗和妥协都被平衡和明朗所征服并取代了。沿着别墅的三角墙和楼梯竖立着一系列真人大小的雕像，由雕塑家罗伦佐·卢比尼和詹巴蒂斯塔·阿尔巴纳斯创作，均取材于古典神话。别墅的主人在读罢几章塞内加或审查完黎凡特来的合同后，可以步出露台透一口气，抬眼就能望见商业的守护神墨丘利，智慧之神朱庇特或是女灶神维斯塔——他会由衷地感觉，至少在他的乡间别墅内，他内心最推崇的那些德行已然通过石雕得到了持久的颂扬与表现。

自帕拉弟奥的时代以降，而且很大程度上应归因于他的榜样，建造反映屋主理想的住宅成为整个西方建筑业压倒一切的雄心。1764年，英格兰首席法官曼斯菲尔德勋爵派罗伯特·亚当负责统筹改造他位于汉普斯特德·西斯、俯瞰伦敦的宅邸肯伍德的图书室。在亚当的指导下，这间图书室变成了对这位英格兰最高法律权威性格的一次美轮美奂的祝圣仪式。满架的希腊罗马哲学和历史经典，华丽的天花板嵌入一个寓言性的椭圆部分。其上的花饰名为《荣誉与欲望之间的赫拉克勒斯》，展现的是一位年轻的希腊英雄，显然就是曼斯菲尔德本人的化身，在到底是将生命献给快乐（以三位秀丽的少女为代表，其中一位还露着丰满的大腿）还是为了崇高的公民事业献身（以一位指向一座希腊神庙的战士为化身）之间委决不下。不过观者一望之下都会理解为公民事业肯定胜出——虽然画作本身以熟练的意大利式肉感色调出之，似乎在暗示少女那边更有吸引力。天花板的另一部分展现的是《正义拥抱和平、商业和航海》（像是一次众所期盼的重聚），壁炉上挂的是大卫·马丁画的曼斯菲尔德勋爵肖像，画家选择——或者被授意——将其表现为倚靠着所罗门（以色列最具智慧的王）圣殿，受到上方荷马（有史以来最伟大的故事大师）胸像赞许的注视，右手握着一卷打开的西塞罗（最高贵的演说家）。俨然是位集

罗伯特·亚当，肯伍德府图书室，1769

德西默斯·伯顿，雅典娜俱乐部，1824；E.H. 贝利，雅典娜雕像，1829

圣经、希腊和罗马智慧于一身的完人。

大约六十年后，距此以南不过几英里处，一家旨在为“科学、文学、文科或公共领域的杰出人士”服务（俱乐部手册上的表述）的协会——伦敦雅典娜俱乐部的会员为自己在帕码街修建了一幢新会所。俱乐部会所整整三面的外墙环绕着一条长约两百六十英尺的檐壁，由雕塑家约翰·海宁以埃尔金大理石雕塑[1]为原型雕刻出众多古典人物造型。这些人物正在从事的都是会所里面那些英国绅士们感兴趣的雅典人的活动：歌唱、阅读、写作和演讲。俱乐部的正门上树立着一尊巨大的镀金雅典娜雕像。这位工艺与智慧女神高傲地俯视着帕码街，决意让所有途经此地之人明白里面的会员是何等样人，有何等样之趣味。在距浅薄的皮卡迪利商业中心仅数米之遥的地方，这家协会以其全副的外貌清楚地表明其高墙环抱中的会员完全可以跟黄金时代使雅典盛名远播的希腊人等量齐观。

2

面对彩绘的天花板和雕像，站在这些宁芙和诸神的寓意面前，我们的目光忍不住会变得呆滞或干脆转开。自十六世纪一直

1 Elgin Marbles，伦敦大英博物馆收藏的古希腊雕刻艺术品和建筑物细部的总称。这些藏品是在1799年至1803年间英国驻奥斯曼帝国大使托马斯·布鲁斯，即埃尔金伯爵（第七）的安排下，从雅典帕台农神庙及其他古建筑物上拆下运回英国的，故名。——译者

到十九世纪，在众多国家的建筑业中占据主导地位的理想化风格实在是让我们觉得既沉闷又伪善。

我们很难对理想化的建筑与出资修建这些建筑及住在里面的现实之人之间经常性的巨大反差视而不见，更别说是体谅了。我们明知不管韦罗内塞是如何表现的，威尼斯实际上在不断地逃避总督宫议政厅天花板上的那些少女鼓吹的诸多美德。我们知道她买卖奴隶，罔顾贫民，挥霍资源而且残酷报复敌人。我们知道这片“至宁国土”画的是一回事，干的却是另一回事。我们也知道，还没等帕拉弟奥的别墅完工阿尔梅里科家族就已身败名裂，而且其承继者卡普拉家族也并未更多地享受到商业与智慧诸神的恩典，他们似乎都在别墅的房顶上嘲笑这个家族的勃勃野心呢。说到那位曼斯菲尔德勋爵，也远未能融会西塞罗、荷马和所罗门的天才，其实是个典型的十八世纪中叶的律师，残酷无情，人性浇薄并善于将其卑鄙的本能隐藏在对经典著作的寻章摘句中。至于雅典娜俱乐部，其会员的大部之所以加入此俱乐部纯粹是为了社交的便宜好处，还有就是歪在真皮扶手椅上消磨掉一个个白天，望望屋外的雨滴，吧嗒吧嗒地大嚼婴儿食品，把家庭整个抛在脑后，如果说他们像伯里克利[1]的同侪，那么皮卡迪利简直就是雅典卫城了。

跟我们这些理想主义的先辈相反，我们更乐意以我们对现实

1 Pericles（公元前495—前429）：古雅典政治家、民主派领导人。其统治时期成为雅典文化和军事上的全盛时期。——译者

的兴趣而自傲。我们珍视的恰恰是那些将玫瑰色的理想抛诸脑后，并能忠实地适合我们现实环境的艺术作品。我们推崇它们是因为它们向我们揭示了我们是谁，而非我们希望是谁。

然而，理想化的艺术观念为什么会如此反常而又如此脱离现实也值得深入探究。我们可以探究一下为什么在前现代时期长达三个世纪的时间里，艺术家之受到欢迎正是因为他们能够创造出丝毫没有日常瑕疵的风景、人物和建筑。我们也可以问一声为什么艺术家们争着要描绘比任何真实存在的公园都更具田园牧歌风味的花园和林间空地，他们为什么要把大理石的嘴唇和脚踝雕刻得比流淌着真正血液的嘴唇和脚踝加倍地诱人，为贵族和王室成员画的肖像为什么显得比他们本人远为聪明和慷慨。

此等努力自然不是出于天真或者公然的欺诈。这些理想化作品的创作者也都是凡间俗物而且认为他们的观众也同样如此。韦罗内塞的天花板底下聚集的那些议员心底的欲念自然要比他们头顶上的表现黑暗得多。同样，我们也知道曼斯菲尔德想给自己的办公室增光添彩的想法也不得不跟财富与声名的诱人召唤争抢地盘，在雅典娜俱乐部待一个下午就能得到点有价值东西的希望也很少能经受得住茶室里闲言碎语和姜汁饼干的诱惑。

对那些理想化传统的支持者而言，认为艺术家们除此之外还很天真地想有所作为的想法本身就显得很天真。他们的艺术和建筑的目的并非想提醒我们生活原本的模样，而是在我们眼前展现其理想的状态，从而促使我们哪怕稍稍地朝践行和德行跨进一步。

那些雕塑和建筑物是想助我们将我们最好的一面表现出来，为了使我们对最高的渴望铭记不忘。

3

正是在十八世纪晚期的德国哲学中，我找到了对于艺术的理想化理论最明晰的阐述。弗里德里希·席勒在《审美教育书简》（1794）中论道，体现在理想化艺术之中的尽善尽美可以成为我们灵感的源泉，当我们失去了对自己的信心、沉溺于自身的缺陷中时——他感觉他的时代特别容易取这种忧郁的、自我毁灭的态度——我们能够转而求助于它。“人性已经丧失尊严，”他论道，“不过艺术已拯救了它并将其保存于意味深长的石头之中。真理就寓于艺术的幻觉中，正是从这种摹本或者说残像中，原初的形象将再次得到复原。”

艺术作品非但不会唤起我们对最黑暗时刻的回忆，而是能够——用席勒的话说就是——充当一种“潜能的终极表征”；它们起到的作用就像是“源自理想世界的护送人”。

如果说建筑能够充当我们的理想的贮藏室，那是因为它们能够被清除掉所有腐蚀日常生活的那些拙劣的玩意儿。一幢伟大的建筑作品会在一定程度上向我们讲述从容、力量、平衡以及优雅，而这些美德，不论作为建造者还是观众，均非我们出于本性能够践行的——正是为此它才能吸引我们、打动我们。一幢建筑超越

对古典理想的向往：
卡尔·弗里德里希·申克尔，宫殿桥，柏林，1824；雕像作者：阿尔贝特·沃尔夫，1853

卡尔·弗里德里希·申克尔，老博物馆，柏林，1830

我们的程度愈甚就愈能激起我们的尊敬。

一幢理想化的建筑所蕴涵的潜在意义并不需要得到完全的认识才能体现其价值。在席勒的同代人威廉·冯·洪堡眼中，正是古希腊人理想化的建筑为现代西方人提供了最富营养的灵感源泉，他又在其论文《关于文物研究》（1793）中补充说，即便古希腊建筑所蕴涵的完美只有一少部分能够在这个实利主义的资产阶级世界中得到再造，它们也值得引起我们的兴趣："我们在模仿古希腊人的范型时完全明白他们是无可企及的；我们的想象中充溢着他们自由而又意义非凡的生活图像，却又明知这样的生活我们可望而不可即。”

当冯·洪堡的朋友，建筑师卡尔·弗里德里希·申克尔开始在柏林兴建古典风格的桥梁、博物馆和宫殿时，他很清楚柏林人只能隔开一段距离欣赏而无法复兴他所尊崇的文物，不过他有信心那个时代的诚实和伟大终能够通过建筑渗透这个普鲁士的都城。当居民穿过宫殿桥去开会或周日漫步经过夏洛特霍夫宫的“新亭”时，申克尔的建筑——他竖立着雕像的桥梁，他庄严朴素的柱式，他精美雅致的壁画——对于人类精神的复兴总会起到微小却关键的作用。

4

虽然表面上我们对于理想已经全然失去耐心，可不管我们对装饰性桥梁与镀金雕像何等轻蔑，我们在本质上仍无法完全摈弃理想的概念本身，因为，剔除了其所有历史的联系后，“理想化”这个词就是指一种朝向尽善尽美的热望，一个任何人，即便是最理性的生物都不可能完全不熟悉的目标。

我们放弃的事实上并非理想本身，而是主要的理想化作品所一度尊崇的那些特定的价值观。我们已经对古代不抱希望，我们已经不再敬畏神话，而且我们谴责贵族的狂妄自大。我们的理想如今绕着民主、科学与商业运转。不过我们仍然跟以往一样对理

“芬兰的理想生活”：左：莫纳克建筑事务所，1992世博会芬兰馆，塞维利亚，1992
“银行业的理想”：右：弗兰克·格瑞，DZ银行，柏林，2000

想化的事业忠贞不贰。在实用主义的外壳之下，现代建筑从未停止这样的追求：向其观众反映出一种精挑细选的形象，即他们可能的模样，并寄希望于提升并重新铸造现实。

每逢人们开始高调建造民用建筑，理想化的雄心都会格外高涨。譬如，1992年塞维利亚的世界博览会上各国展馆的设计对于本国的理想化表现，就好比以比较克制的方式重现了韦罗内塞对威尼斯政府美德的诠释。芬兰馆的入口是由既分又合的两部分构成——一块抛光的金属板依偎在一块弯曲的浅色木质延伸段上——隐喻一个完美地调和了男性与女性、现代与历史、技术与自然、奢华与民主诸种对立因素的社会。作为一个整体，它包含了一种对于尊贵、优雅生活的朴素而又美丽的承诺。

柏林DZ银行的总部为其雇员提供了一种堪比勃兰登堡门的理想化建筑。他们的工作本身也许经常是乏味重复的，不过在去自助餐厅或开会的途中，银行雇员们可以顺便朝下望见巨大中庭中的一间奇特、雅致的会议室，其轻盈弯曲的造型暗示出他们严肃的老板所期望的创造性与活跃性兼得的理想。

甚至整个城市都可能诞生于这种召唤席勒所谓“源自理想世界的护送人”的希望。当巴西总统库比契克在1956年宣布建造巴西利亚的计划时，他信誓旦旦地保证新首都将成为“现代巴西的创造性智慧最新颖最精确的展现”。巴西利亚高踞于这个国家的内陆，誓要成为一个现代政府效率的楷模，成为这个国家那爬行和挣扎的剩余部分只能战战兢兢偶然前往朝拜的理想化身。巴西利亚并非要象征一个已然存在的国家的现实，而是要创造一种全新的现实。它被寄予殷殷厚望，希望它以宽阔的林阴道以及鳞次栉比的钢筋混凝土建筑一笔抹去巴西殖民主义的遗迹，还有她众多沿海城市的喧嚣与贫困。巴西利亚将会带来它所代表的现代化。它将以其自身的形象重塑一个国家。

奥斯卡·尼迈耶，国会大厦，巴西利亚，1960

巴西利亚终将会出现乞丐和贫民窟、通衢大道上终将会有烧焦的野草、教堂的墙上终将会出现裂纹的事实，正如韦罗内塞天顶画下面实际进行的背叛与苟且、雅典娜俱乐部里的蠢行、芬兰国内的酗酒与绝望以及 DZ 银行办公室里的终极无聊一样，都无法使理想化建筑的拥护者们就此止步。对他们而言，这些失误恰恰证明了人们对理想化样式的需要，需要它们对抗我们内心腐化、乏味的部分。

理查德·诺伊特拉，埃德加·J. 考夫曼宅，棕榈泉，1946

在现代社会，理想化不但受到公共建筑的青睐，私人住宅也不例外。住在理查德·诺伊特拉在加利福尼亚设计的二十世纪中期钢铁和玻璃亭子里的中产阶级夫妇，虽有时也会饮酒过量，会争吵，会虚情假意，会焦虑万分，不过至少他们住的房子会跟他们讲述诚实与放松，告诉他们要有所禁忌要对未来有信心——而且会在他们怒火中烧或职业陷入麻烦（当他们的火气一直蔓延到室外沙漠的夜晚）时提醒他们内心想要的到底是什么。

1938 年，意大利作家库尔奇奥·马拉帕尔泰在卡普里岛一处僻远的岩壁上为自己造了幢房子，他在给一位朋友的信中将其描述为“一幅石造的自画像”以及“一幢像我一样的房子”。这幢房子因其引以为傲的孤立无援，因其将粗犷和精雅并置于一体，因其对自然环境毫不退缩的傲然蔑视以及对古罗马与意大利现代主义建筑美学的兼收并蓄，的确表现出了马拉帕尔泰性格中的几个重要侧面。对参观者来说幸运的是，它并非其主人所有侧面完全照搬的忠实写照——当然，任何房子都很难做到这一点，对马拉帕尔泰的情况而言则尤其如此，因为假若想将他的性格完全反映出来，就必须得再加上自命不凡的家具、走不通的死走廊，也许还要配个射击场（他直到 1943 年都是个法西斯主义者）外带几扇打破的窗户（他喜欢喝点小酒然后来场械斗）。马拉帕尔泰宅就像所有成功的理想化作品一样，它反映的并非其作者的众多弱点，而是帮助其既有天赋又有瑕疵的主人朝他的个性中最高贵的那些侧面发展。

5

在人文艺术的理想化影响之下建造的建筑也可以被视作一种宣传形式。这是个挺让人警觉的词，因为我们倾向于认为高级艺术应该不受意识形态的影响，纯粹因其本身的原因受到赞美。

然而，对于任何教义或成体系的信仰的宣扬都可以是“宣传”，其本身应该不带有负面的含义。当然，这种宣扬实际上大部分服务于可耻的政治和商业目的，可这只是历史的意外，错不在这个词身上。一件艺术作品，只要它通过其各种资源引导我们走向某种东西，只要它试图对我们施加影响，使我们敏于、乐于对任何目标或理念产生好感，就都成了一件宣传品。

按这种定义来套，几乎没有哪件艺术作品能逃得了宣传品的嫌疑：不光是表现苏联农民宣布他们的五年计划的宣传画，还有描绘豌豆和有光泽的碗的油画，椅子以及加利福尼亚沙漠边缘钢

一幅石造的自画像：
库尔奇奥·马拉帕尔泰（与阿达尔贝托·利贝拉），马拉帕尔泰宅，卡普里岛，1943

铁和玻璃的住宅。明显有悖常理地为所有这些东西都贴上相同的标签，只会起到强调所有有意创造出来的物品的指示性层面的作用，而这些物品更重要的是因其暗含的品质引得观看者去模仿并进而参与、分享这些品质的。

从这个角度说来，我们如果聪明的话就该不再强求将宣传的意图一股脑根除这个不可能的目标，转而尽力使我们周围充满可敬的正面例子。艺术能指导我们行动这一观念中并无任何值得悲哀的东西，只要它向我们指出的方向有价值就行。理想主义的传统理论家们在坚决主张艺术应该努力促成行动的产生方面坦率得

小约翰·伍德，皇家新月楼，巴思，1775

令我们一新耳目——更重要的是，艺术应该努力促使我们向善。

6

我们凝神关注一样理想的艺术品时可能导致的一个令人困惑的结果是：我们会心生感伤。我们观照的对象越是美丽，我们的感伤就可能越是深沉，所以当我们站在彼得·德·胡赫的一幅描绘一个面容灰暗的小男孩勤勉地给母亲拿来几条面包的画，或是小约翰·伍德在巴思建造的新月楼前的时候，我们甚至可能忍不

彼得·德·胡赫，《拿面包的男孩》，约 1665

住热泪盈眶。

我们的感伤并不灼热，而更像是一种欢欣与忧郁的混合：因我们所见的完美欢欣鼓舞，又为意识到我们邂逅此等完美的机会是何等可遇不可求而忧郁不已。完美的对象烛照出我们周围环境的平庸呆滞。我们由此回想起我们对尽善尽美的想望，也由此认识到我们的生活是何等的不完美。

彼得·德·胡赫画中的形象与皇家新月楼的曲线通过它们展现给我们的对比激发起那些能更经常地使我们的生活多姿多彩的情感。母亲温柔的态度与儿子满怀信任与责任感的表情使我们意识到我们自己的玩世不恭和生硬唐突。而皇家新月楼则以其全副庄严的尊贵烛照出我们众多野心琐细而又混乱的本质。这些艺术作品之所以能触动我们，正因为它们不像我们却又像我们期望自己成为的模样。

基督教哲学家们一直以来对由美引发的感伤特别敏感。“当我们企慕有形之物的美时，我们当然体验到了欢欣，”中世纪思想家圣维克托修道院的于格论道，“不过与此同时，我们也体验到一种极端惆怅之感。”宗教将这种感伤解释为我们将美好的事物认作了我们曾在伊甸园中享受过的完美无瑕生活的象征，这种解释虽在理智上令人难以接受，但在心理学上却令人兴味盎然。虽然我们有朝一日可以在天堂重续这种庄严的存在，但亚当和夏娃的原罪已剥夺了我们在地上享受这种生存的可能。这样，美就成为神圣的片段，看到它就会因唤起我们的丧失感与对我们不得其门而入的生活的向往而令我们感伤不已。那些写入美好事物中的特质来自上帝，而我们已然生活在一个深陷罪恶的世界中，离他如此遥远。不过因为艺术作品有足够的有限性，而其创造者付出的心血又足够伟大，所以它们可以达到一种人类通常无法企及的完美程度。这些作品就是我们仍然渴望达到的善的苦乐参半的象征，而这种善又是我们经由自己的行动或思想极少机会能够接近的。

即便将神学成分剥离，这个故事仍能帮助我们解释我们在邂逅迷人的对象之际所感受到的悲哀之情。我们可以设想一个人正处在苦恼期，坐在一幢乔治王朝风格的市政厅的接待室里等待一次会晤。他对手边的杂志兴致全无，此时他抬头望向天花板，意识到在十八世纪的某个时期，有人不辞辛苦地设计出一种复杂而又和谐的造型，由连锁的花环构成，用白、瓷蓝和黄色混合绘制。那个天花板就像个宝库，它集中的那些品质正是那个人所梦寐以求的：它看来既好玩又严肃，既精微又明朗，既整饬又自然。虽说当初建造天花板的委托人想必跟他一样地实用主义，可是它却具有一种意味深长又不动声色的甜蜜可爱，就像一个孩子的脸上绽放的微笑。与此同时，这个人认识到那块天花板包含着他所没有的一切。他被卷入了他无法解决的职业困境，他一直觉得疲乏不堪，他脸上刻着酸楚的表情，而且他已经开始无节制地冲着陌生人大呼小叫——他只觉得身陷痛苦之中。那块天花板就是那个人真正的家园，而他却找不到回家的路了。当一位助理走进房间引他去会面时他眼中满是泪水。

天花板上的人类理想：
罗伯特·亚当，霍姆宅，波特曼广场，伦敦，1775

此人的伤感向我们指明了一项附带性的要求。或许在我们的生活最成问题的时候，我们才最容易接受美的事物。我们最消沉的时刻反而为建筑和艺术提供了最佳的入口，因为正是在这样的时候我们对理想品质的渴望才最为强烈。面对一间阳光洒满混凝土与木头构成的广阔空间的洁净空房间，最易受到感动的并非极有条理、一丝不乱的心灵，渴望生活在由罗伯特·亚当设计的市政厅天花板底下的也不会是个满怀信心、把一切事务整理得有条不紊之人，这样一个人可能连一滴眼泪都不会为之倾洒。

7

虽说看到一样美丽事物自然的反应就是想买下它，我们真正想的可能并非拥有我们觉得美丽的东西，而是想永久占有它所代表的那些内在品质。

拥有这样一件物品可以帮助我们认识到我们想吸收的那些它所暗含的美德，不过我们不该想当然地认为只要占有了它，那些美德就会自动或不费吹灰之力地在我们身上产生奇迹。一心想买下某样我们认为美丽的东西，事实上也许恰恰是应付它在我们内心激起的向往的最不适宜的办法，这就正如一心想跟我们心仪的某个人睡觉也许是对爱的情感最愚笨的反应一样。

我们寻求的，在最深刻的层次上讲，是在内心去模仿那些通过它们的美打动了我们的物品和处所，而非在物质上占有它们。

理想为何会变？

1

伦敦西北边一个破败角落的一家古董店。外面，救护车的嘶鸣暗示了一桩以凶杀解决纠纷的惨剧，警方的直升机在头顶上盘旋，还有些穿着不相配袜子的人在街上行进，一边向漠不关心的路人宣布千禧年灾难的降临。

不过对于这家店铺而言，“古董店”的称号未免显得言过其实了些。这里可没有旧皮子的味道，也没有戴着半月形眼镜的店员；它倒更像是执法官存放没收物品的库房或废品旧货栈。这是个众多物品在被拉去充当填埋垃圾之前最后一次期望能吸引一点注意的地方。

店里的一个角落竖着一样面容愁惨的物品，是一个带有球状两翼、两扇凸窗、科林斯式支柱还有一个金边镜子的餐具柜。这个物件的抽屉虽说还能用，而且末道漆竟然奇迹般地完好无损，它的标价却更接近劈柴而非一样家具了，因为这样东西实在太俗丽太丑陋了，即便是最宅心仁厚眼睛最近视的人也不可能视而不见。

然而，这个餐具柜肯定曾承受过多少珍爱啊。在里士满或温布尔登某幢宽敞的房子里，应该有个女仆每隔几天就给它掸尘。也许还有只猫在走进起居室之前在它身上蹭蹭尾巴。该有整整一代人骄傲地在这个柜子上摆放圣诞节的布丁、香槟和斯第尔顿楔形奶酪。可是如今，在这家店铺的角落里，它满怀的辛酸抵得上一位年老色衰被放逐的俄罗斯公爵夫人，在巴黎的跳蚤窝里梦想着圣彼得堡的宫殿。跟所有肯倾听的耳朵讲述她芳龄十七时的绝代姿容——虽说她讲述的时候满嘴的酒气和绝望。

发现事物的美丽自然而然地会引导我们想象我们将始终忠于我们的情感。可是设计与建筑的历史对我们趣味的忠诚却几乎无法提供任何担保。这个餐具柜的命运就浓缩了数不胜数的大厦、音乐厅和椅子的命运。我们对于美的模糊观念一直不断地在克制与豪华、乡村与都市、阴柔与阳刚这样的两极风格间摇摆——由此导致我们在每次趣味转向时都无情地将众多物品扔到旧货店里了其残生。

这些先例迫使我们推想我们的后辈有朝一日在我们的房子里溜达时也会像我们如今看待先辈的诸多遗物一样既非常厌恶又觉得好玩。他们会对我们选用的墙纸和沙发大感惊奇，并会嘲笑我们犯下的美学罪行，而我们竟然对此毫无察觉。这一认识会使我们的喜好带上一种脆弱、焦虑的特质。知道我们如今热爱的东西在将来会因为我们现在根本无法理解的原因而显得荒谬可笑，不论是商店里的一样家具还是圣坛上的一对未来的夫妻，都同样让我们难以接受。

这么说来，也就难怪建筑师们会如此坚持不懈地想将自己的手艺跟时尚划清界限，难怪他们挖空心思（自然是徒劳）想创造出历经数代都不会显得可笑的作品。

2

我们对美的认识为什么会变?

1907年，一位名叫威廉·沃林格的德国年轻艺术史家发表了一篇题为《抽象与移情》的论文，试图从心理学的角度对此做出解释。

他开宗明义，提出在人类历史中只有两种基本的艺术风格："抽象的"与"现实的"。在特定社会的特定时期，两种风格中总有一种会占上风。数千年来，抽象艺术曾在拜占庭、波斯、巴布亚新几内亚、所罗门群岛、刚果、马里和扎伊尔风靡一时，后来，又从二十世纪初开始在西方占据统治地位。这是一种由对称、秩序、规则和几何精神支配的艺术形式。不论是以何种艺术样式出现：雕塑或地毯也好，镶嵌工艺或陶艺也好，不论是韦瓦克篮筐编制匠还是纽约画家的作品，抽象艺术均有志于创造一种以单调、重复的视觉平面为特征的平静气氛，对现实的世界没有任何指涉。

通过对比，沃林格指出，在古希腊和罗马时期占主导地位而且从文艺复兴直到十九世纪末一直统治欧洲的现实主义艺术，致力于唤起人们切实经验中的活色生香。这一派艺术家努力想抓住

我们尊重那种可以带我们远离我们害怕之物并接近我们渴望之物的风格：

左上：酒椰叶纤维编织的裙裾，古巴，二十世纪

右上：艾格尼丝·马丁，《无题》，1962

下：拜占庭镶嵌，坎姆帕诺佩特拉的罗马式会堂，塞浦路斯，六世纪

山雨欲来之际一处松林的气氛，表现人血的质地，再现一滴泪珠的充盈以及一头狮子的凶残。

沃林格的理论中最令人信服的一面——亦可完全应用于建筑作品——是他对一个社会为什么会从忠实于一种美学范式转而信奉另一种的解释。他认为，关键的原因在于这个社会缺乏什么样的价值诉求，因为一个社会本身欠缺什么，它就会喜爱能体现这种价值的艺术。抽象艺术因为饱含和谐、平静和节奏，自然主要会吸引渴望宁静的社会——那些法律和秩序失序、意识形态不稳而且因道德和精神混乱加剧了人身不安全感的社会。处在这样喧嚣的背景之下（在二十世纪美国的众多大城市以及长期遭受民族内部自相残杀之害的新几内亚村庄中就弥漫着这种气氛），居民会体验到沃林格称作的“对宁静的强烈诉求”，因此他们就会求助于抽象艺术，转向编结出抽象图案的篮筐或南曼哈顿地区的极简主义画廊。

而在那些已经成就了高度内部和外部秩序的社会中，生活已经完全按部就班而且得到过度确保，一种相反的渴望就会应运而生：市民会希望逃离日常规范和按部就班那简直令人窒息的束缚——因而就会转向现实主义艺术以解精神之渴并重新体验那些稍纵即逝的强烈情感。

我们可以藉此得出如下结论：我们之所以会被某物吸引，以美称之，是因为我们察觉到它包含了可以体现某些品质的浓缩形式，而这些品质正是我们个人或更宽泛地讲我们的社会所缺乏的。我们尊重那种可以带我们远离我们害怕之物并接近我们渴望之物的风格：一种包含了我们缺失的价值的合适剂量的风格。我们之所以需要艺术，首先就是因为我们几乎一直处于不平衡的危险状态中，无法在极端中寻得中庸，无法把握住人生中相对的重大极点——厌倦与激情、理智与想象、单纯与复杂、安全与危险、朴素与奢侈——间的黄金分割点。

假若婴儿或小孩子的行为可作参照，我们可以认为我们一来到这个世界上就已经发展出了很强的不平衡性。在我们的婴儿围栏和婴儿椅子上，我们已经表现出大量歇斯底里的兴奋或野蛮的失望、爱或愤怒、狂热或衰竭——而且，尽管成年后我们的外表越来越有节制，我们其实极少能成功地做到持久的平衡和平静，我们的生活就像波涛汹涌的海面上左倾右倒的帆船。

我们先天的不平衡又因实际的需要变本加厉。我们的工作不断地只要求我们非常单一的某种才能，导致我们越来越无法成就丰满的个性，以至于我们会怀疑（经常是在某个暮色四合的星期天的傍晚）我们大部分的个性与理想都已付诸东流。结果这个社会中多的是各种缺乏平衡的族群，每个族群都渴望满足其特别的精神缺憾，我们经常出现的对于到底什么是美的激烈争论的背景即由此成型。

3

明了了这一点，对特定风格的选择自然也就揭示出了其倡导者喜欢什么又缺乏什么。我们也就可以理解十七世纪精英阶层对

一道保护我们抵御贫困和堕落威胁的墙壁：
上：阿代拉伊德夫人的寝室，凡尔赛宫，1765
防御特权危险的壁垒：
下：托马斯·诺莱与希尔德·霍伊格，诺莱和霍伊格宅，布鲁日，2002

镀金墙壁的热爱，因为我们同时会想起这种装饰风格之所以发展起来的时代背景：当时每个人都不断受到暴力和疾病的威胁，哪怕是富人也难逃例外——也就难怪人们开始感激高擎着花环和彩带的众天使给大家带来的补偿性许诺了。

我们也不该相信现代社会，经常以拒斥文雅、墙壁连灰泥都不抹就那么光着自傲的现代社会缺憾就少了。只不过现代缺的东西不同了而已。礼节和文明已经不缺了。至少在大部分西方国家的城市中，最糟糕的贫民窟也都已被干净整齐的街道取而代之。绝大多数发达国家中的生活已经变得秩序井然、物质丰富、谨小慎微、按部就班，以至于人们的向往转到了另外的方向：转向天然和朴拙，向往粗糙和真诚——于是中产阶级的住户就会以不用粉刷的墙壁和煤渣砖来缓解这种渴望。

4

历史学家经常提到西方世界在十八世纪晚期曾在其所有主要的艺术形式中兴起一种着力表现自然的趣味。当时对非正式的服装、田园诗、描写普通人的小说以及朴素的家具和室内装饰产生了一种全新的热情。不过我们不能因这一美学趣味的转向就简单地得出结论，认为西方居民在此时自身开始变得更加“自然”了。他们之所以在他们的艺术中爱上了自然恰是因为他们在自己的生活中跟自然脱了节。

借助于技术与商业的快速发展，欧洲上层阶级的生活在这个时期已然变得过于安全和循规蹈矩，受教育阶层于是指望通过在村舍度假和吟诵描写鲜花的诗歌舒解这种过剩。弗里德里希·席勒在其论文《论天真的诗与感伤的诗》（1796）中论道，古希腊人

用于调节过分奢华的宫殿的村舍：
玛丽·安托瓦内特、利涅亲王、于贝尔·罗贝尔，皇后村，小特里亚农，凡尔赛，1785

因为大部分时间都在户外度过，他们的城市规模很小并被森林和海洋包围，所以他们极少感到需要在他们的艺术中赞美自然世界。“因为希腊人自身并未丧失其自然本性，”他解释道，“因此他们并无很大的渴望要创造外在于他们的对象以藉此重获自然。”而回到席勒的时代，他由此得出结论：“然而，因为自然开始逐渐从人类生活的直接经验中消失，所以我们看到它作为一种理想在诗歌的世界中出现。我们可以预料，朝非自然走得最远的国家将最能被天真的表现所打动。这个国家就是法兰西。”——这个国家的末代皇后几年前就以实际行动完美地证实了席勒的理论：她在自家花园边上特意建了个农庄，周末就消磨在观看给奶牛挤奶上。

5

1776 年，瑞士画家卡斯帕·沃尔夫画了幅画，表现的是一群登山者面对高踞在瑞士伯尔尼阿尔卑斯山上的巨大的劳特拉尔冰河在休憩。有两位登山者坐在一块岩石顶端，仰头凝望着面前陷落的巨大的冰隙。他们穿的长袜，戴的帽子的形状，他们高贵的派头以及雅致的雨伞在在证明他们的贵族身份。而在他们底下，在画布的左下方，对壮观的景色浑不在意的是一个山里的向导，握着一根很长的手杖，穿着件粗糙的长外套，戴一顶农民帽。这幅画正是一个绝佳的个案，可用以研究不同的精神不平衡可能导致怎样对立的美之观念。

虽然向导肯定比出钱雇他的登山者更了解这些山脉，他对眼前的景色却丝毫没有这些贵族所具有的兴致。他像是被一块大石头的边给遮住了。我们可以想象他巴不得这次远足尽快结束，而且会在心里嘲笑这起绅士老爷，他们前一天去敲他的门，要求他把他们带到云彩里去进午餐，作为酬劳付给他一笔对他来说很可

卡斯帕·沃尔夫，《劳特拉尔冰河》，1776

观的报酬。对这位向导而言，美更有可能体现在低地上，在草地和小木屋中，崇山峻岭是很可怕的去处，非不得已，比如去营救一头牲畜或是筑一道雪障以阻断雪崩的狂暴，他们是不会冒险去攀登的。

这幅画的创作日期意味深长，因为正是在西方想象力的日历中的这一时刻，多少世纪以来一直被视作恐怖的怪物的崇山峻岭对于贵族旅游者而言开始散发出普遍的吸引力，他们在其粗野的外表和危险中找到了一种大受欢迎的特质，正可以舒解他们日益增长的过于文明化的家居生活的过分精致和文雅。一个世纪之前，这些绅士老爷们会宁肯待在他们的领地中，将他们的树篱修剪成整齐的几何图形，丝毫不会主动去理会无序和粗野。而一个世纪之后，就连当地的向导和山民都开始对大自然野性未驯的侧面刮目相看，他们新发现的这种趣味已经因中央供暖、天气预报、报纸、邮局的普及以及连阿尔卑斯山上最高的峡谷都已经贯穿了铁路线的事实而发展成熟。

不过在这一刻，在崇山之巅，两种对美的评价就肩并肩并置在一起，它们的分歧体现了两种截然不同的生活方式与缺憾。

6

1923 年，一位名叫亨利·弗鲁叶的法国实业家委托著名却相对缺乏经验的建筑师勒·柯布西耶为他的一群工人及其家庭造些住房，勒·柯布西耶时年三十六岁。这组建筑位于莱日和佩萨克，紧挨着弗鲁叶的工厂，距波尔多不远，结果竟成为现代主义建筑的样板，每一幢都是一组没有任何装饰的水泥匣子，带有长方形的窗，平顶外加光秃秃的墙壁。勒·柯布西耶特别为它们缺少本地和乡村的暗示而自豪。他嘲笑那种他称之为“民俗大部队”——由感伤的传统主义者组成——的热切愿望，并谴责法国社会对现代性的坚决抗拒。在这组他为劳动工人设计的住宅中，他对工业和技术的仰慕通过大片的水泥、没有任何装饰的外表和光秃秃的灯泡表现得淋漓尽致。

可是新房客们对于美的认识却大为不同。他们可从未饱尝过传统和奢华、文雅和精致，他们也没被地域风格或旧式建筑繁复的雕刻倒了胃口。他们每天穿着千篇一律的蓝工作服，在水泥的厂房里为制糖业装配松木包装盒。工作时间既长，又很少有假期。很多工人都是从偏远的乡村被硬拉了来为弗鲁叶先生的工厂打工的，他们自然怀恋原来的家和他们原来的那一小块地。终于收工回家了，他们可不会迫切地希望再次感受到现代工业的活力。因此，不出几年时间，工人们就将整齐划一的勒·柯布西耶匣子变成了各不相同的私人空间，使他们身处其间可以回想起一点已经被打工生活剥夺了的过去的种种。他们毫不在意是否糟蹋了伟大建筑师的创意，给他们的房子加上了坡顶、百叶窗、小型平开窗、花花绿绿的墙纸和本地风格的尖桩篱栅，房子本身的改造完工之后，他们又在前院里安装了形态各异的喷泉和守护神石像。

房客们的趣味或许跟建筑师的南辕北辙，不过在这些相去十万八千里的具体趣味后面隐藏的逻辑却异曲同工。工厂里卖苦力的工人跟声名远播的现代主义大师之所以爱上一种风格，正是为了这种风格能够唤起他们自己的生活所欠缺的那些特质。

7

掌握了不同趣味背后的心理原因或许并不能改变我们对什么是美的感觉，不过却能使我们免于对我们不喜欢的东西持一种简单的怀疑态度。我们知道该立刻问一句，人们是因为欠缺了什么才认为一样物品是美的，并进而对他们缺失的东西的性质寄予理解，哪怕我们根本无法认同他们的选择。

我们可以想象，一间石灰粉刷的理性十足的顶楼，在我们看来虽说像是受罪，可对于某个罕有地受到无政府状态征兆压抑的人来说也许会感觉宾至如归。同样，我们也可以猜想，一幢粉饰得很粗陋的建筑，黑砖砌墙，锈迹斑斑的铁门，里面的住户应该是希望从他们自身或他们身处的社会过于特权的感觉中逃离出来；我们同样也可以假定，那些装饰得俗丽活泼的小区，卷曲的屋顶、变形的窗户，涂得五颜六色的孩子气的墙面，反而会触动那些官僚作风以及缺乏想象力之辈内心那特别强有力的琴弦，他们会在

勒・柯布西耶，住宅，佩萨克，1925 与 1995

我们称之为美的建筑都包含了一种我们缺乏的特质的浓缩形式：
左：大卫·阿贾耶，“脏宅”，伦敦，2002
右：米歇尔·萨伊与布鲁诺·潘若，“公众药房”，巴黎，2004

这样的风格中体会到一种勃勃生气，正可以使他们内心压倒性的严肃情感得到片刻的舒缓。

我们对不同趣味的心理状态的理解反过来还可以帮助我们免受两大美学教条的束缚：一是认为只有一种可接受的视觉艺术形式，还有就是（甚至更加令人难以置信）认为所有的风格都具有同等的合法性。风格的多样化是我们内在需要的多样化的自然结果。惟一合乎逻辑的结果应该是，不论是表现刺激还是安静，是表现庄严还是舒适的风格都会吸引我们的注意，因为我们的生活本身就是围绕这些根本性的极点运转的。正如司汤达所言，“有多少种幸福观，就有多少种美。”

不过，这种选择的空间仍足够我们自由地决定哪些特定的建筑作品更加契合或不那么契合我们真正的心理需要。我们可以接受乡村风格的合法性，哪怕我们对弗鲁叶先生的房客们对他们莱日和佩萨克的家的改造方式不以为然。我们能够做到在谴责那些小守护神石像的同时尊重通过它们体现出来的那种向往。

8

我们在什么是美的这一问题上的抵牾和革命也许是痛苦而且代价高昂的，不过要想跟它们完全隔绝却又似乎是不可能的：比如，似乎绝无可能造一批能保证赢得众口一词的赞美并永久保持魅力的椅子或餐具柜。在一个各种外力不断以新的方式将我们打成碎片，将我们消耗殆尽的世界上，趣味的抵牾不过是个无可避免的副产品。既然社会和个体都有它们的历史，即一个不断变化的斗争与野心的记录，那么，艺术自然也会有它的历史——其间自然总免不了不再讨人喜欢的沙发、住房和纪念碑的伤亡。既然我们不平衡的方式不断在变，我们也就注定会不断地受到全新的趣味谱系的吸引，受到我们将认为是美的全新风格的吸引，而我们之所以认为这些风格是美的，就是基于它们将我们内心深处那些尚处在阴影中的憧憬以一种浓缩形式体现了出来。

五　建筑的美德

181.

1

如果不要求我们太确切或盖棺定论，对于一个美丽的人造地方应该是个什么样子还是比较容易达成一致的。如果想列举一下全世界最有魅力的城市，那结果也大多会落在一些类似的地方：爱丁堡，巴黎，罗马，圣弗朗西斯科。有时也会落到锡耶纳或悉尼头上。有人也会提出圣彼得堡或萨拉曼卡。我们趣味一致的进一步证据可以在我们度假地点的选择方式中觅得。没几个人会选择在米尔顿凯恩斯[1]或法兰克福消夏。

不过，我们对有吸引力的建筑的直觉在形成令人满意的关于美的法则方面却一直显得微不足道。时至今日，我们也许已经期待能像生产品质稳定可靠的蓝莓果酱一样容易地重造一个跟巴思一样吸引人的城市了。如果说人类已经能够熟练地创造一个城市设计的杰作，那么后几代人就应该可以满有把握地随意设计出同样成功的整体环境。应该没有必要像对待稀有生物那样向一个城市表示敬意；它应该具有随时准备适应培植任何新草地或灌木丛的美德。也就没有必要把我们的精力花费在因惟恐我们处置不当而进行的保存、修复工作上了。我们将不必担心威尼斯海岸日渐上涨的海水的威胁。我们将面不改色地任由大海吞噬那些贵族的宫殿，知道我们可以随时创造出新的大厦，足堪媲美那些旧时代的石头建筑。

然而，建筑的实践却不断地公然藐视各种想促其走上一条更加科学、符合规范的道路的尝试。正如优秀文学的秘密并不会因为《哈姆雷特》或《曼斯菲尔德庄园》的存在而一劳永逸地昭然若揭，建筑大师奥托·瓦格纳或西古德·列维伦茨的作品也丝毫无力减少低劣建筑的增生。艺术的杰作至今仍像是凭运气偶然产生的，而艺术家仍然像成功点燃了一把火的洞穴人，并没有搞清楚他们是何以做到的，更遑论将他们取得的成就的原理讲与他人知晓了。艺术天分就像是一场绝妙的焰火，瞬间穿透漆黑的暗夜，使观者油然而生敬畏之情，可转眼就烟消云散，只留下无尽的黑暗与向往。

即便是那些对建筑之美的可操作原则私下里抱有确定概念的人，也不太会把他们的假设公之于众，怕的是无法自圆其说或遭到那些相对主义卫士们的攻击，他们随时准备对任何将个人趣味打扮为客观规律的做法群起攻之。

1　Milton Keynes，英格兰中南部一城镇，位于牛津东北。为缓解伦敦的拥挤状况 1967 年被划为一新城镇。——译者

2

自然也有不畏人言的。建筑理论家们早就热情地宣称可以让伟大的建筑讲出它们的秘密。建筑被认为同任何其他人类或自然现象一样可以适用于理性分析。只要认真研究最优秀的建筑，就肯定能获悉美之法则，其干净利落的表达方式将激励一帮学徒，会理直气壮地影响一帮客户并使意气相投的建筑在世界上传播得更加广泛。

这种零星的意欲将建筑美学系统化的雄心在文艺复兴时期达到了顶点，其标志就是安德烈亚·帕拉弟奥《建筑四书》(1570)的出版，这或许算得上西方意欲系统化揭示成功建筑之秘密的最具影响的尝试。

安德烈亚·帕拉弟奥详细阐述了各项具体的建筑原则，在设计爱奥尼亚柱式时，只有将楣梁、中楣和檐口设计为整个柱身高度的五分之一，其结果才会令人愉悦；而科林斯柱式柱头的高度须得跟柱身最低点的宽度相等才行。论到室内的规范，他强调房间的高度至少应当跟宽度相等，房间的长度与各边的正确比例应为一比一,二比三,三比四，而厅堂应该置于一个中轴之上，两翼的房间则要完全对称。

3

不过，尽管言之凿凿，事实证明帕拉弟奥的法则却不像他的建筑那样享誉长久。使这些法则招致不信任——而且确实导致任何要发展出一套建筑如何方能迷人的科学化的尝试逐渐终结——的原因在于用所有这些规律性的破网罩过去，漏网之鱼的数量实在太多。

在伦敦摄政公园的北端，立着一幢大厦，建造于帕拉弟奥的论著首版四百多年后，却忠实地遵循了大师关于比例、房间的位置、走廊的轴线以及柱子的直径等诸种原则。我们也许该期望这幢房子已被公认为当代伦敦最优秀的建筑之一，被认为圆厅别墅的盎格鲁-撒克逊后继者了，可事实上，这幢建筑得到的更多是直白斩截的嘲笑而非赞美奉承的定评。

这个别墅的问题颇为复杂。它的外观看起来实在是跟它的时代完全脱节，它传达的是一种贵族式的自豪情感，跟当代的理想格格不入，外墙的奶油色太过鲜明，而且选用的材料太过光鲜完美，损害了岁月积淀下来的那种庄严印象，而赋予帕拉弟奥的别墅以魅力的正是这一点。所以只能遗憾帕拉弟奥未能多定下几十条美之法则，以便给这幢大厦诸多败笔的根源提供额外的止血带了。

既然简单地因循帕拉弟奥看来并不能保证使我们实现建筑之美，所以完全不顾他的建议造的房子也并不一定就是丑的。我们可以设想湖区的一幢小屋：它的厅堂挤在一个角上，它的几个房间完全不在轴线上，它的柱子是由粗壮的橡树原木做的，它的天花板几乎还没有一人高，而且它的比例似乎没有遵循任何数学公

因循法则的结果：
昆兰·泰瑞与雷蒙德·艾里斯，爱奥尼亚别墅，伦敦，1990

式。不过就算如此，尽管这样一幢房子几乎违反了《建筑四书》中所有的权威法则，它却仍可能深深吸引我们的注意。

4

这类疏漏对建筑师的打击极大。受挫之余，他们已经开始反对法规这个概念本身，宣称它们幼稚而又荒谬不经，只是空想家和头脑僵化之辈的幻想。美的概念已被判定为天生就难以捉摸，因此还是干脆回避不谈的好。

不过，对新版帕拉弟奥式原则的出师不利做出更加公正的回应却要比不安的沉默更加奥妙得多。就算我们不知道为一幢建筑带来美感的到底是什么，我们仍然可以斗胆将各种理论应用于这个主题，寄希望于激起他人对这一远未成型的知识领域贡献更进一步以及互补性的想法。

为了有助于克服我们对建筑的美学方面遽下断语的不情愿，我们应该考虑一下我们在讨论我们人类自身的实力与失败时所具有的相当的自信心。我们大量的人际交谈都用来品评不在场的第三方的行事方式是违背了还是暗合了理想的行为规范，当然后者少见得多。不论是随便说说还是著书立说，我们都忍不住要论断是非、臧否人物，“闲话流言”也不过是方言俗话版的道德哲学。虽然我们极少将我们的怨恨和景仰提炼为抽象的假说和前提，我们实际上还是经常在步那些写出煌煌论著来论定、解剖人类善恶的哲学家的后尘。

我们可以学学哲学家对人类的论断，以各种美德之名小心地去框定一样建筑作品是慷慨还是谦逊，是诚实还是雅驯。以伦理判断来类推建筑可以帮助我们洞悉建筑之美并非只有一个源头，正像人的优秀并非源自同一种品质。各种特性需要在恰当的时机出现并以特定的方式结合起来才能见出效果。一幢比例均衡的建筑如果以不合适的材料出之则活像一个勇气十足的人却缺乏耐心和洞察力。

在装备了一长串审美美德后，建筑师及其客户就可以不必过分依赖所谓神思偶成的罗曼蒂克神话或美的神圣起源之类的玄妙学说了。有了这些经过进一步定义、更容易应用于建筑讨论的美德的名号，我们将更有可能系统地理解并重建我们原本只是凭直觉喜爱的环境。

188.

秩　序

1

从巴黎一条宽阔的大街北端一个交通岛放眼望去，呈现在眼前的是一条由庄严的住宅形成的宽敞、对称的走廊，尽头是一个宽阔的广场，广场中央的柱子上骄傲地立着一个人像。这个世界虽然混乱无序，可这些街区却整饬有序，谦恭地形成完美的重复样式，每幢房屋都保证其屋顶、立面和材料跟它的左邻右舍一般无二。就目力所及，没有一个复斜式屋顶或一道栏杆不在同一条轴线上。每一层楼的高度、每一扇窗的位置都跟沿街以及对面的建筑协调呼应。隆起的拱廊上接阳台，阳台上方是三层风蚀雨淋的砂岩楼房，楼房上接铅皮铺就的微拱的屋顶，而每隔几米就是一根庄严的几何形烟囱。这组建筑就像一个芭蕾舞团的舞者在曳步前行，每一位舞者的脚尖在人行道上的位置完全一致，形成一条整齐的直线，仿佛由一位严格的舞蹈大师指挥。这组建筑的主旋律之外还有辅助的和声相伴，由路灯和长凳构成。不论对于观光客还是敏感的住户而言，这种精确的奇景都会给他们留下基于匀称和统一的特性而产生的美的感受，并由此得出结论：一种特定的建筑之伟大的核心即在于高度的秩序感。

这条街道正是独一无二的人类智能的产物。大自然绝无可能创造出如此整饬、和谐的环境。我们面对的景象是我们最理性、最深思熟虑的智识的外化成果。我们可以想象在由如今的宁静统治之前，这片街区的喧嚣景象：窒闷的夏日回荡着成百上千的工人锤击和拉锯的噪声。建造起整条大街的材料肯定需要一大批各司其职的供应商历经数年、跑遍全国去采办得来，他们相互之间都意识不到对方的存在，却都在同一位优秀的规划者的指挥下工作。遍布东西南北各采石场中成群结队的石匠将耗费数月时间以整齐划一的动作挥舞手中的凿子，从而生产出可以妥帖地砌在一起的石块。

这条街向我们诉说着因为所有建筑工作的需要而付出的牺牲。那些石块或许宁愿继续在它们两亿年前就开始沉睡的地方继续睡下去，那些铸造出铁栏杆的铁矿石也许宁肯继续寄宿于松林覆盖下的中部高地，可是却跟众多其他的原材料一起从昏昏沉睡中被哄骗出来，共同成为构造庞大的城市乐章的音符。一位工匠的大车要经过多日的兼程才能到达巴黎，他只能把家庭暂时抛下，在廉价的小酒店打尖，为的就是有朝一日一根管道可以在一幢公寓大楼的二楼跟一个洗手盆静静地组合在一起，使生活波澜不惊而又意义重大地变得更加舒适宜居。

巴黎的这条大街之所以触动我们，是因为我们意识到它的特质跟通常那些丰富了我们生活的特质相比是何等不同。我们说它美实在是因为自惭太熟悉它的对立面：家庭生活中多的是气恼和

争执，体现在建筑上，则是大街上的各种建筑元素根本不注意与左邻右舍保持和谐，反而一心只想着大嚷大叫地吸引注意，就像那些嫉妒而且怒气冲冲的情人。这条秩序井然的大街则提供了一个教训，证明了为了一种更高的、集体的计划放弃个体自由的好

夏尔·佩西耶与皮埃尔·方丹，卡斯蒂格利昂路，巴黎，1802

处，因为对整体做出了贡献，每一个组成部分也由此变得更加伟大。虽说我们是一种天生倾向争吵、杀戮、偷盗和撒谎的造物，这条大街却提醒我们，我们偶尔还是能够控制住这些卑下的冲动，将一片数百年来只有野狼嚎叫的荒野变成一块人类文明的丰碑。

2

几乎所有实体的建筑作品的魅力都离不开秩序。事实上，这是一种最为基本的品质，哪怕是最不起眼的工程在一开始就离不开它，它体现在电路和管道的精细图表中，在正视图和平面图中——这都是些体现美的文件，其中每一条电缆每一个门框都经过精确的考量，虽然我们搞不清楚那些特定符号和数字的确切含义，从中我们仍能感觉到精确与计划压倒一切的存在，并为此而高兴。

“你们都喜欢抱怨这些干巴巴的数字是诗的对立面！”勒·柯布西耶曾责备道，因为他深为我们可能忽略了这些平面图以及对称的桥梁、街区与广场那内在的美而丧气。“这些事物都是美的，因为在那显然毫无条理的大自然或人类的城市中间，它们是几何的领域，是实用数学统治的疆域……难道几何不就是纯粹的乐趣吗？”

这种乐趣在于几何代表了对自然的胜利，因为不论你对大自然的解读如何多愁善感，它事实上正是我们赖以生存的秩序的对立面。如果任由大自然处置，它会毫不犹豫地瓦解我们的道路、扒倒我们的建筑，用野藤挤穿我们的墙壁，将我们精心设计而成的几何世界的所有其他特征都重新打回原初的混沌。大自然的工作就是侵蚀、溶解、软化、玷污和嚼碎人类的创造。而且最终胜利的是它。最终我们会发现自己已经筋疲力尽，再也无法抗拒其破坏性的离心力：我们会倦于修理房顶和阳台，我们会渴望睡眠，

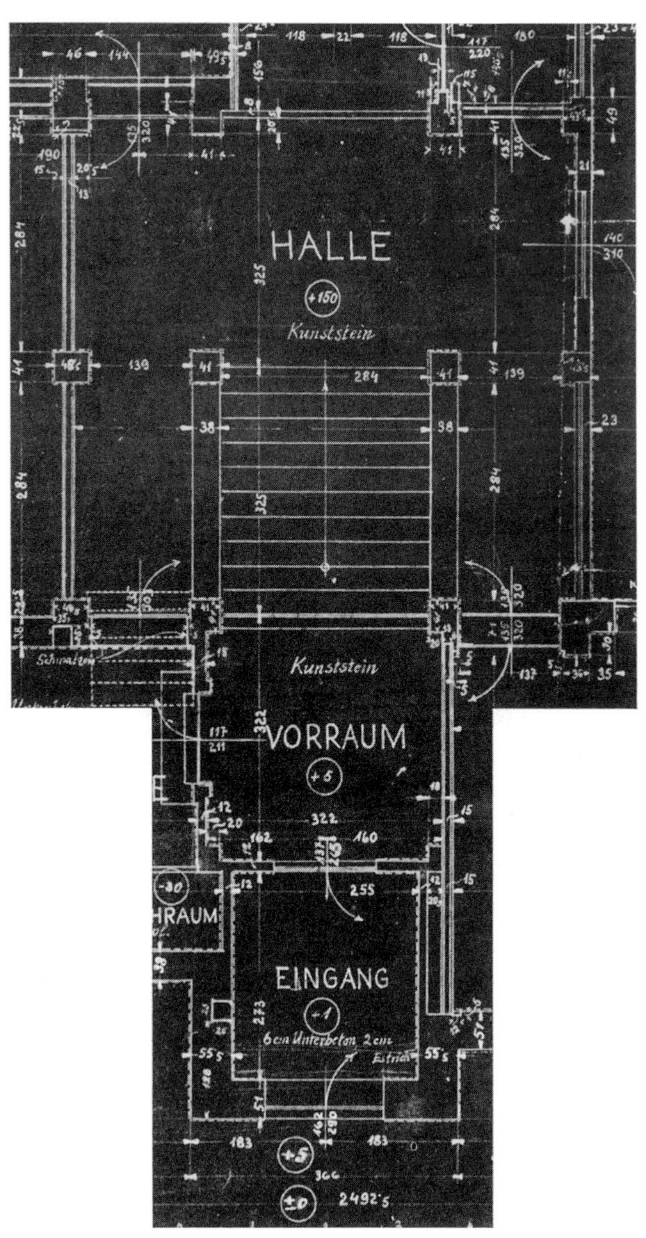

几何的纯粹乐趣：

路德维希·维特根斯坦，平面图，维特根斯坦宅，维也纳，1928

灯光将会暗淡，将任由野草蔓延其癌病般的触须不受限制地爬满我们的图书馆和商店。正是我们对这种不可避免的灾难的潜在意识，使我们对一条街道的美尤其敏感，因为我们在其中辨认出我们生存所系的那些特质。对秩序的执著也就是对生命的执著。

3

建筑体现出来的秩序所以能吸引我们，同样也是因为它正是过于复杂的情感的反面。我们欢迎那些能够给我们规律性和可预测性感觉的人造环境，是因为我们的精神可以倚靠它得到安置和憩息。归根结底，我们并不太喜欢不断地惊诧莫名。

我们多么不喜欢意外的一个表现就是我们是多么经常地想欣赏景色。我们喜欢登上山巅和俯瞰全景的阳台，喜欢可以望见天际的餐馆和观测站，从中我们享受到能将远处的景致一览无余的基本性的快乐，能够追踪穿越眼前风景的道路和河流，而不喜欢它们突然间擅自涌现在我们眼前。

在建筑中也可以发现相似的乐趣，比如可以俯瞰长长的规则车道的一幢乡间别墅的窗口，或者一条横穿整幢房子的走廊，再或者一连串位于一条笔直轴线上的庭院。这些秩序井然的建筑可以赋予我们一种感觉，即我们已经驯服了那些我们原本受其辖制的不可预测性，并在一种象征意义上感觉我们已然掌控了那颇令我们烦扰的未知的未来。

秩序井然的风景带来的乐趣：

上：卡尔·弗雷德里克·阿德尔克兰茨，斯蒂勒霍夫庄园，近斯德哥尔摩，1781

下：克里斯托弗·雷恩及继任者，格林尼治医院，约1695

4

虽然我们倾向于认为，建筑也像文学一样，一件重要的作品应该是复杂的，但是有很多迷人的建筑在设计上却出奇简单，甚至是重复的。布卢姆斯伯利区那些迷人的联排房屋或巴黎中心那些公寓大楼都是依照一种单一不变的基本样式建造的，这种样式曾被强制作为市政建筑的法则执行。在整整几代的时间里，这些法则禁止建筑师们运用他们的想象力，他们受到极大的束缚，只能在极少的几种可以允许的范围内选择材料和建筑样式，而且，正如婚姻制度一样，以宣扬谨慎是何等乐事的名义限制选择的自由。

建筑法则的消失，以及随之而去的那些秩序谨严却令人满意的大厦，可追溯至浪漫主义时期在建筑业占统治地位的一条荒谬的信条：即认为在建筑的伟大与原创性之间存在必然的联系。在整个十九世纪，建筑师的设计越是特立独行，得到的报酬就越高，于是乎，按照熟习的样式造一幢新房子或办公室简直就像是剽窃一部小说或一首诗歌一样可鄙了。

对个人天才的强调也产生了一个并非故意为之的恶果：将精心织就的城市构造撕裂开来。“我们每一天都听到我们的建筑师在号召原创号召创造新的风格，”约翰·罗斯金在1849年论道，他深为视觉和谐的突然消失感到困惑难解。他不禁要问，竟然号称“我们每建一座济贫院或教区教堂就创造一种全新的建筑风格”，还有比这个更有害无益的吗？他认为，建筑应该属于“一个流派，如此，从村舍到宫殿，从小教堂到罗马式会堂，这个国家的建筑的每一个特征都应该像其语言或钱币一样全国通用”。半个世纪后，阿道夫·洛斯出于同样的意图呼吁建筑师们为了整体的一致将他们个体的雄心搁在一旁：“最好的形式已经有了，谁都不该害怕应用它，哪怕基本的观念来自他人。我们的天才和他们的原创已经够多了。就让我们不断地重复自己吧。让我们的建筑彼此相像吧。我们不会被《德国艺术与装饰》报道，也不会成为应用艺术学的教授，不过我们是在尽全力为我们自己、我们的时代、我们的国家和人类服务。”

倾听他呼吁的建筑师寥寥无几。拿到一份造一幢住宅或办公室的委托仍然等于遇到一个重新考虑设计一个窗框或一扇大门的基本原理的机会。不过一个志在与众不同的建筑师最终可能会像一个想象力过于丰富的飞行员或医生一样麻烦。原创性在某些领域或许非常重要，而在更多的领域内，谨慎和坚持程序却是更为重要的美德。我们很少会希望转过每个街角都被新奇的建筑吓一跳。我们要求我们的建筑要有一致性，因为我们本身经常会近于迷失和发狂。我们需要由相似性提供的规则，正如小孩子需要规律的就寝时间和相近而又温和的食物。我们要求我们的环境能像一个卫士，帮我们把握平静和方向。最使我们受益的建筑师可能是胸怀慷慨地将对天才的追求搁在一旁，全心为我们装备优雅却无原创性可言的匣子的那些人。建筑应该具有甘愿稍显乏味的信心与善意。

5

不过话又说回来了，我们对秩序的热爱也不是没有限度的，如果我们面前的一幢多层办公楼的每一扇窗都是一式一样的，反光玻璃嵌在一式一样的铝制窗框里，每一层楼面都一式一样，前后左右都没什么明显的区分，建筑表面连一根游离的天线或保安摄像头都没有，以免破坏了那支配性的坐标方格般整齐的和谐，我们就能意识到这一点了。这样的一个匣子非但不会因其秩序井然的特性激起我们赞美，反而会惹得我们厌倦甚至恼怒。面对这样一幢建筑，我们可能都会把在混乱中求得秩序的努力忘得一干二净了——非但不会因其秩序井然称赞它，甚至会因其单调乏味而诅咒它。

我们之赞赏秩序，是在它有复杂性相伴之时，在我们感觉各种不同的因素已被整合为秩序之时——在窗、门和其他细节已经被编织为一个体系，一个既整饬又复杂的整体之时。因此，当我们置身威尼斯的圣马可广场，令我们驻足惊叹的是总督宫的立面，而非老行政宫，因为两者的立面虽说都井然有序，可惟有总督宫具有一种力图充分展现生动的秩序感的范型。这个伟大的哥特式匣子的每一层无论是高度还是装饰基调都不雷同，一下子就会抓住我们的目光，我们可以从它的形式中读出一种可以意会却无法马上言传的智慧。这里没有应用简单的重复规律。顶层的窗户与底层的拱门属于同一风格，却大小不一、错落有致。房顶上的苜

秩序的限度：
办公楼，特伦顿，新泽西，1995

蓿叶状装饰与二层画廊遍布柱子上的雕刻遥相呼应，却各有千秋，每层建筑都似乎在追求一种既一致又独立的风格。当你的目光沿着外立面渐次向上时，你会体验到情绪的转换，如果说底层因其直截了当而又毫无怨言地直插入地下而传达出一种通情达理而又技巧精湛的感觉，那么第二层则像是一袭精工刺绣的华丽裙裾。端坐于其上由白粉两色砖块砌就的光滑的主体部分不禁令人想起一块织花的桌布，而如此一来，二层的拱门又一变而为桌布的流苏，底层的拱门也就成了桌腿。整幢建筑由此成为一个快乐的音

秩序的无趣：
毛罗·科杜奇，老行政宫，威尼斯，1532

符，屋顶上的装饰线宛如一顶顶狂欢节的帽子，朝威尼斯的天空高举致意。

相比而言，老行政宫那古典式的正面却没有任何谜题可以吸引我们或令我们诧异。只需一眼，便可看穿其设计背后的意图，底层树立了一种范型，然后由第二和第三层小规模地原样照搬。这幢建筑与总督宫的差别就好比拿单调的鼓声来比巴赫的赋格。

6

要想使建筑立面显得复杂多变，最显而易见的方式就是对门、窗进行多变的处理。不过，通过交错使用砖头、石灰石、大理石、锈迹斑斑的黄铜、木头和水泥以及那些看似粗糙、未开化

融秩序与多变为一体的乐事：
总督宫，威尼斯，1340—1420

的材料同样亦能达到一种令人愉悦的多变效果，每种材料都似乎能激发起我们一点质朴、野性的感受。当在这些生机勃勃的材料之上施之以秩序后，就极有可能产生出美来：好比激情结盟了逻辑。正如诺瓦利斯所言："在一件艺术作品中，透过秩序的面纱必须有非秩序在闪光。"

确实有很多石墙完美地证明了这位德国诗人的洞见，墙上的每一块砖石都像是活生生的、不受拘束的个体，各自都有与众不同的个性和故事。其中的一块砖石可能粗糙、阴沉，另一块则粉嫩、天真，第三块小得惊人，第四块则不论色泽和质地都像极了一块胡桃面包。然而，所有这些浑然不同的角色却都要肩并肩、首尾相连地用奶油色的灰泥砌在一起，而且是遵照一个总的规划，在特异与和谐之间求得一个完美的平衡。

石板地面可以让我们看到如何在相互冲突的力量之间求得和谐。石匠可以将巨大呆笨的石块妥帖地嵌入井然有序的体系。你会感觉到这些石块的性格在多大程度上被驯服，它们如何被施以教化脱去野性，这种野性在采石的悬崖峭壁间依然明目张胆。它们须得脱去它们的桀骜，修去它们生苔的髭须，磨平它们的赘疣，这一切全都是为了共有的纪律——成就一块地板，当我们在上面走过时，我们既能欣赏到秩序又不至有沉闷之感，既能感受到活力又不会有混乱之虞。

木地板也能予我们类似的乐趣，前提是曾经流淌着鲜活树液的板材在经受过斧锯之后还能在横平竖直的规范下保持足够的生命迹象。这样我们就能看到树涡、疤纹和种种不完美之处，仿佛这块木料是一条汹涌却冰冻的河流。不规则性仍然还有——一个尚未刨平的节疤，或是没有平整好的一块凹陷或鼓起——不过这些特性已经显得亲切优雅而非危险，它们使你感受到复杂多变，因为它们被整齐地限定在一系列规规矩矩的平行线和直角之间，用长长的铁钉固定为一体。

这种存在于秩序和混乱之间令人鼓舞的张力不但可以经由材料，亦可以通过外形和所处地点获致。比如，约翰·纳什在玛丽勒本区建造的“新月公园”，如果仍是照一条直线依次排开，其结果不过是又一排老套的联排房屋。我们感觉到其表现出来的秩序是通过对抗一条曲线相反的、破坏性的拉力达至的，正是这一点使它显得格外优美。我们可以想象，要想使每一幢建筑之间保持一种精确的渐进角度，而且要在一个半圆形那不听话的弓面上造出建筑的立面是多么困难。

迪纳与迪纳事务所在阿姆斯特丹西港区设计的朗豪斯公寓区采用的是庞大而且高度重复的结构形式，这组建筑是通过窗户的不对称节奏（6：12：21）、建筑立面粗犷斑驳的砖块以及位于一

迪纳与迪纳事务所，朗豪斯公寓，贾瓦岛，阿姆斯特丹，2001

OČNÍ
OPTIKA

条阴沉、骚动的航道边缘的位置达到降低其呆板的规律性这一目的的——种种细节将这组建筑造就为融整饬与变化为一体的典范，所谓正确、庄严的秩序感应该如此理解。

在同一个荷兰开发区的毗邻地段，一项严格的建筑法规强制规定成排的联排房屋须采用同一建筑尺寸：宽 4.2 米高 9.5 米。不过在这些界限之内，在材料、窗户式样和个体的地板高度的选择上却可以有高度的自由和创造性。当我们的目光扫过朝向运河的立面时，我们因其丰富多变而高兴的同时也赞赏它们在其限度内充分展现出自己的那些严格限定。相似的美德也在捷克共和国的泰尔奇市得到实现，那里对主要广场周边的房屋设计有特别严格的限定，不过却因人们对颜色、装饰线脚以及屋顶形状的自由态度而得到缓解。其结果颇像是一排惹人喜爱的学童，他们之间主要（也许是惟一）的类同之处就是大家全都一码儿高。

7

这些建筑作品雄辩地证明了那句古代箴言的真确：美存在于秩序与多变之间。正如离开了危险印象的背景我们就不会欣赏安全的魅力一样，只有在一幢跟混乱调情的建筑中我们才能真正领会我们是多么渴望井然的秩序。

左上：西 8 设计事务所 / 博尔诺・斯柏林堡住宅，阿姆斯特丹，1997
左下：主广场，泰尔奇，南摩拉维亚，十六世纪

与沉闷调情，因其规模与曲线而获救：
约翰·纳什，新月公园，1812

任舍其一，魅力就会大减：
卡尔约瑟夫·沙特奈尔，新闻学院，埃赫施塔特，1987

平 衡

1

在由秩序与多变的并置而产生的愉悦中，我们可以鉴别出建筑的一项辅助性的美德：平衡。只要建筑师能巧妙地调停任何种类的极端，包括旧与新，自然与人工，奢华与素朴以及阳刚与阴柔，就极有可能创造出美来。

2

几十年来，埃赫施塔特新闻学院的校舍一直是一幢U形的巴洛克式建筑，中间是个庭院，为花圃或是自行车架空留着。到了二十世纪八十年代中期，空间需求的压力迫使学院的董事们委托建筑师卡尔约瑟夫·沙特奈尔造一幢新楼，于是这位建筑师就在现存带有山墙装饰的中世纪风格的建筑中间大大剌剌地放进一幢现代化的水泥玻璃楼房。新旧两部分虽说在风格上迥然不同，却因其新奇的相互依存关系成就了一种迷人的和谐：双方都依赖对方以削弱其自身的缺陷、强化其自身的魅力。无论拿掉哪幢建筑，剩下的一幢就要么显得迂腐呆板要么虽现代却冰冷，而相互依存则成为一个不温不火的完美综合，非常迷人。

路易斯·卡恩在纽黑文建造的耶鲁不列颠艺术中心的大厅，则通过水泥墙面与英国橡木嵌板的相互影响使另一组对立握手言和。你很难再找出比这两种材料更加水火不容的了。橡树因其坚实、长寿和高贵一直以来被英国人引为他们自己性格的理想化化身。历代的英国绅士、牛津剑桥的导师们正是在具有丰富纹理的橡木环境中坐在俱乐部阅读《每日电讯报》或在牛津剑桥的各个学院就餐的。罗宾汉和查理二世正是在橡木林中躲过追拿和克伦威尔的大军的。为西敏寺提供天花板、为纳尔逊的海军提供船只的正是英国橡木。因此，围绕着抛光的橡木嵌板，也就自然氤氲着乡村生活、贵族、历史以及皮革和威士忌的气味——更别提罗曼蒂克的家国观念了。

可是水泥距离所有这一切是多么遥远，这种材料代表的是速度、经济以及残忍的力量。它是一种最为典型的现代、民主的媒介，二十世纪初建筑师对它的重新发现使技术时代众多公共的功能性建筑的建造成为可能，包括粮仓、车库、高层建筑和仓库。

然而，就像一位睿智的主人要面对来自截然对立世界中的几位赴宴客人一般，卡恩让这两种天壤之别的材质相互认可了对方的美德并超越了共同的疑虑。他通过决不掩饰或缩小它们之间的差异使它们和谐相处。卡恩大大方方地就让他的水泥那么裸露着，毫不畏惧地强调其贫瘠和生硬，由此鼓励我们在大块的青灰色中

一种理想化的当代“英国性”：
路易斯·卡恩，耶鲁不列颠艺术中心，纽黑文，1977

赫尔措格与德·莫隆，石屋，塔沃尔，利吉里亚，1988

发现一种全新的美。与此同时，他又让我们大胆地品味并赞美橡木所带来的古雅的乐趣，完全展露出橡木那温暖的色调，它的干净以及天长日久赋予它的木纹。对于一幢以展示一个国家的绘画为目的的建筑，最易造成历史与现代的互不相让，而耶鲁英国艺术中心则生动地向我们阐释了过去与当今可以怎样学着共处而且互补。如此这般，它也向我们勾画出一种理想化的当代“英国性”可能的维度。

而在高高的意大利阿尔卑斯山上，另一幢建筑则解决了乡村与城市、农业与工业之间那堪与之相比的张力。赫尔措格与德·莫隆的“石屋”由外露的水泥框架与框架间采自附近山坡上的散乱石块干砌构成。多少世纪以来就用以建造当地谷仓和农舍的这些石块，不论是颜色还是形状都极不规则，摇摇欲坠地展现出杂乱松散的乡村风格，却正好被外围水泥框架那理性的几何线条所中和。不论是卡恩的耶鲁中心，还是赫尔措格和德·莫隆的石屋，都是通过将两种我们此前从未想到可以交融的美学风格——也就是两种不同的幸福——交织在一起，从而成就了其惊人效果的。

3

要想解释建筑中在两种相反的因素中取得平衡的吸引力所在，似乎势必应使讨论超越建筑的范畴，因为我们之所以受到这种平衡性作品的吸引不单单是出于视觉的美感，还有，而且可能更根本的是它们似乎拥有了一种不同寻常的人类的德行，或者说成熟。

我们似乎不可避免地会情不自禁将我们自身的精神动力投射到建筑当中，并且将特定建筑所展示出来的对立与我们自己性格中相互竞争的层面联系起来。一个建筑立面中曲线和直线之间的张力正对应着我们自身理智与情感的牵引。在一块未涂油漆的质朴木材上我们看到的是人的正直诚实，而人类的享乐主义则可以在镀金的嵌板中得以展现。蚀刻着花朵的玻璃窗与黑色的水泥楼房（乌得勒支大学图书馆的外墙即是如此）似乎正是阳刚与阴柔特性的天然龙凤胎。

“男与女”：维尔·阿雷兹，大学图书馆，乌得勒支，2004

由是，我们在建筑中推崇的平衡，我们以“美”名之的对象，也即对一种状态的暗示，在心理学的层面上，我们可以将其描述为精神的健康或幸福。像建筑一样，我们身上也有那些对立的层面，而我们多多少少也能成功地加以掌控。自然，我们也会走极端——混乱或坚定，颓废或苦行，阳刚或柔弱——我们即便仅凭本能也能认识到，我们的康宁端赖我们能够既容纳又化解我们身上的诸种极端。

我们试图使我们自身不同层面归于协和的努力总的说来并不能得到周遭世界的协助，这个世界更倾向于强调一系列尴尬的对立。比如，那些老生常谈就认为一个人不可能同时既滑稽又严肃，

一幢平衡的建筑就是一种平衡生活的承诺：
斯库加霍姆庄园内部，纳尔克，约1790

既民主又高贵，既属于大都会又有乡村风，既现实又优雅，或者既阳刚又精致。

而平衡性的建筑却不予苟同。就拿传统的奢华与简朴这组对立来说吧。奢华的概念一直倾向与庄严、华丽和傲慢联系在一起——而简朴则一直以来与贫穷、无能和粗俗画等号。然而，瑞典的斯库加霍姆庄园的内部装饰——完工于十八世纪末叶——则成功地证明了这两样品质同样可以完美地结合为一体。

家具全是精雅的洛可可式风格，上面布满雅致、贵族式的曲线与各种花环。不过，当你的目光转向地面时，你会惊讶地发现其不同寻常之处。我们原本料想椅子腿接触的地板应该跟它们一个调调的——大理石的，或者精雕细琢的镶木地板——谁料我们发现的竟然是根本未上油漆的粗糙的大块木板，这在干草棚里倒更加常见些。墙面的装饰也体现出类似的惊人组合，新古典主义的花卉主题本应以富丽的金、红彩绘的，结果竟然用极其低调的灰、褐色出之。

这幢庄园宅邸提出了一种全新的人类理想，其中奢华将不再是颓废或与人类的民主真理失去联系的表征，其中简朴同样也可与高贵和雅致融为一体。

如果说那些具有微妙的平衡感的建筑能够打动我们，正是因为它们代表了一种榜样：我们如何在我们性格中相互冲突的各个层面之间做出评判，以及我们如何进而能够立志在我们恼人的各种对立间创造出美来。

优　雅

1

如果你在一个夏日的早晨从苏黎世登上往南开的列车，阿尔卑斯山一开始展现在你眼前的皆是一卷卷田园风光，奶牛在绿得发亮的草地上大快朵颐，偶尔抬起忧郁、几乎是聪颖的褐色眼睛瞥一眼经过的车厢。至少在一个小时之内，大自然慷慨地向你托出她最大的善意。只有在过了库尔镇之后，那牧歌般的景致才逐渐变得严峻起来。青葱的草地逐渐让位于撒满碎石和岩石的地带。陡峻的花岗岩石壁在列车两侧拔地而起，连绵不绝，只间以陡峭的峡谷，除了鹰隼的嘶叫和树枝的断裂声之外，一片沉寂：沿着斧削般陡直的山坡，松柏如勤勉的哨兵紧紧抓住狭窄的岩脊。而在车厢内，一切都跟刚才路过低地时别无二致——车门旁边的墙上仍干净利落地钉着几幅湖泊的风景照片，你一直都没碰过的那杯苹果汁仍摆在桌子上——而车厢之外，我们已然旅行至一个并不比木星的卫星更加好客的所在。

在一个陡直得似乎它冻胶般的岩壁永远都晒不到太阳的峡谷中，深达几百英尺的谷底流着一条狂暴的棕色河流，河床上尽是岩石和灌木。当列车沿着山坡蜿蜒穿行时，沿途展现的就是这样一番景致，然后，你突然发现几个车厢之前那酒红色的机车头已然大出你意料地决定横穿这道峡谷，如此果断，竟然丝毫未曾想到要犹豫一下，商之于更高的权威。转眼间列车已经横越了这道鸿沟，同时还穿越了一小块云彩，而且像是日常的举手投足般浑不费力、毫不在乎，祈祷也好敬拜也罢立刻变得毫无必要，成了矫揉造作的摆设。使这项超自然的神奇技艺成为可能的是一座桥——我们在这样的环境中怎么都不可能想到会存在的一座桥——一座绝对庞大而又绝对优雅的水泥桥，桥身没有一丝一毫的污迹或杂质，只可能是诸神从天上抛掷下来，因为我们实在无法想象，在这个被遗弃的所在人类会有任何可以立足和放置工具之处。这座桥似乎毫不为周遭剃刀般锐利的石块、那条河孩子气的性情以及岩石的丑陋所动。它就像一位公正无私的法官，乐于

伯纳德·洛弗尔，查尔斯·赫斯本德，洛弗尔射电望远镜，焦德雷尔班克，柴郡，1957

居间使这道鸿沟的两端握手言欢，它同时又谦逊到极点，宁愿自己的成就不为人所知，以免它引起我们的关注、激起我们的感激。

而这座桥却证实了某种特定种类的美与我们对力量，对可以为我们抵挡伤害我们的热、冷、引力或风的人造物品的热爱靠得多么近。我们在面对冰雹岿然不动的厚厚的石板屋顶中看出美来，在毫不在乎地任凭海浪击打的海防堤坝中看出美来，在螺栓、铆钉、电缆、梁柱和扶壁中看出美来。我们易于被巨大的建筑打动——大教堂、摩天大楼、飞机库、隧道、高压电线的铁塔——是因为它们能弥补我们的无能，使我们穿越高山，用电缆使各个城市紧密相连。对于那些将我们送过我们根本无法步行穿越的距离的造物，对那些在暴风雨中保护我们免受我们承受不了的气候之害的造物，对那些能接收我们的耳朵根本听不到的信号以及那些优雅地架设在我们一旦失足必死无疑的悬崖间的造物，我们自然会报以感激之情。

2

从这一点出发，我们从一幢建筑作品中感受到的美的印象或许跟它所能承受和抗拒的外力强度直接相关。比如，一条汹涌河流上面的一座桥梁所具有的情感力量主要就集中在桥墩跟水面接触同时又抵挡着恶狠狠要淹没它的波浪的那一点上。单是想想把自己的脚伸进这么湍急的深水中我们都禁不住要打个冷战，因此自然会尊敬那钢筋混凝土的桥梁，它乐观勇敢地面对要毁灭它的急流并反过来使它改向。同样，灯塔那厚重的石墙就像一个宽厚温和的巨人稳稳地站立在一心想把它扳倒的狂风之中。还有，当我们乘坐的飞机穿越一场雷暴时，我们都不禁会对那些默默无闻的航空工程师生出一种类似爱的情感，正是他们，在布里斯托尔或图卢兹安静的办公室里设计出能够以天鹅翅膀般全副的优雅穿越暴风雨的深灰色铝质机翼。我们感觉就像小时候早早地被父母开车送回家一样安全，穿着睡衣，盖着条毯子蜷坐在后座上，透过脸颊靠着的车窗感觉到渐渐加深的夜色和寒冷。那些比我们更加强大的事物身上就蕴藏着美。

左：罗贝尔·马亚尔，塞金纳特贝尔桥，席尔斯，1930
右：伊桑巴尔·布律内尔，克利夫顿吊桥，布里斯托尔，1864

3

不过，因为美绝对是几种品质协同作用的结果，使一座桥梁或一幢房子具有吸引力的也就不单单是力量这一种品质了。罗贝尔·马亚尔的塞金纳特贝尔桥和伊桑巴尔·布律内尔的克利夫顿吊桥都是充满力量的建筑，都因为能使我们安全地跨越一个致命的深渊而引起我们的尊敬——不过两者之中马亚尔的吊桥因其非凡的轻盈显得更美，它在履行其职责时显得浑不费力。布律内尔的吊桥上因为有笨重的砖石建构和沉重的铁链，给人的感觉有点像个矮壮的中年人在从一端跳至另一端之前特意卷起裤脚并大声恳请别人的注意，而马亚尔的桥则像一个轻捷的运动员纵身一跃而且在离去前还向观众端庄地鞠躬致意。两者都完成了勇敢的表演，不过马亚尔的作品还拥有额外的美德：使它的成就显得浑不费力——又因为我们意识到事实上并非这么轻松，我们才更加对其惊叹不已。这座桥拥有一种我们可以称为优雅的亚类之美，当一件建筑作品在完成其抵抗的职能——容纳、跨越、遮挡——时不单体现出力度，而且表现出优美和经济，当它谦逊地并不试图因其克服的困难而引起关注时，它就具有了这种优雅的品质。

4

按照这一标准，一根沉重的钢梁如果只撑起一个桌面，一个

左：迈克尔·霍普金斯，布兰肯大厦，伦敦，1991
右：圣地亚哥·卡拉特拉瓦，《奔跑的躯干》，1985

茶杯的边如果厚达四厘米就不能称之为优雅。迈克尔·霍普金斯为布兰肯大厦设计的顶棚就因为实在太过大惊小怪而无法令我们满意，因为他用了多重沉重的支柱只撑起几块没什么分量的玻璃。这个顶棚要完成的任务跟它付出的劳作相比实在是大材小用，因此干犯了优雅的律条——而圣地亚哥·卡拉特拉瓦则通过其雕塑作品以最经济的形式和朴素的智慧公然挑战了万有引力的压力，令我们敬畏不已，堪称优雅的典范。

在文学中，我们同样欣赏可以用简洁的文字传达出大量思想的散文。“我们都有足够的力量承受他人的不幸，”拉罗什富科的

左：楼梯，沙克尔宅，快乐山，肯塔基，1841
右：西尔维亚·格米尔与利维奥·瓦基尼，住宅，希河畔的拜因维尔，1999

这个警句传达给我们的能量和精确性完全可以与马亚尔的桥梁相媲美。那位瑞士工程师将桥梁的支架减至最少的本事就正如这位法国作家可以在一行文字中浓缩二流文人花费几页纸才能表达清楚的内容。我们赞赏那些能够将复杂以简洁的形式出之的天才。

5

因此，如果我们赞一个建筑优雅，只凭它看起来简洁是不够的：我们必须感觉到它体现出来的这种简洁并非轻易就能赢得的，这种简洁应该是在解决了技术或自然的难题之后的结果。我们认为快乐山的沙克尔楼梯是优雅的，因为即便我们自己从未造过楼梯，也知道一架楼梯是个很复杂的工程，要想把每一级的平面、竖面以及栏杆整合得接近沙克尔般的朴素明了实属罕见。我们赞一幢现代瑞士的房屋优雅，是因为我们注意到它的窗与水泥墙面结合得简直天衣无缝，而且一幢建筑所惯有的混乱几乎被清除得一干二净。对那些我们不需多大努力仅凭直觉就认识到应该显得非常繁复，而实际上却异常简洁的建筑，我们自然称赏不已。

6

能否实现优雅的关键在于支撑天花板的柱子的设计。哪怕是外行，我们也能在行地估测安全地撑起一幢建筑的柱子该有多

我们该如何承受自身的义务：
左：福斯特及合伙人，地铁车站，金丝雀码头，1999
右：卡玛雷斯宫，艾勒汉卜拉，格拉纳达，1370

粗，并能发现那些对于自身支撑的重量显得最没信心的柱子。然而也有些虽肩宽背厚却看似很不高兴只撑着一层楼房的柱子，另外则有些似乎浑不费力就撑起大教堂那么高的天花板的柱子，将巨大的重量平衡分散在它们纤瘦的脖颈上，只仿佛托着的是亚麻布做的顶棚。面对沉重的压力，我们欢迎那些看似轻盈，甚或优美的柱子——它们就仿佛是我们该如何承受自身义务的一种隐喻。

窗户为建筑的优雅提供了进一步的机会，决定性的因素在于玻璃的数量与支撑玻璃的窗框之间的关系。如果窄小的窗玻璃挤在厚重宽大得过分的框子里，我们就会觉得很不舒服，这就跟长篇大论却言之无物一样讨厌。与之相反，巴思那些乔治王朝时代的房屋就因窗户像是悬浮在建筑立面上那般的轻盈风格使我们大感愉悦的。这个城市那些十八世纪的建筑师们因为认识到细窗格的优美——而他们的后辈同事们却经常不具备这种敏感——都争相发展以尽可能纤细的木框来固定面积尽可能大的玻璃。他们不断打破技术的局限，将木格的宽度由三十八毫米（女王广场最早的一批房屋）减至二十九毫米，最后减至只有十六毫米——结果

框和玻璃，以及脚和身体间神奇的比率：
左：马尔伯勒大厦，巴思，十八世纪
右：埃德加·德加，《明星》，1879

使窗户具有了某种类似德加笔下的芭蕾舞女般极富力度的优雅，只以五个脚趾为轴，轻盈地旋转她精灵般的身体。

7

如果我们将优雅定义为部分地源自胜利完成既定的建筑挑战——跨越河流、撑起屋顶或固定玻璃——那么在这个挑战的单子上我们还可以增加一个更加抽象一点的，那就是漠视。我们赞赏那些似乎能将淡漠和无所谓这样的重负轻易甩掉的建筑。

置身亨利·拉布鲁斯特设计的巴黎圣-热内维埃芙图书馆坚固的拱廊内，目光敏锐的观光客会注意到一组组锻铁打造的小花。赞其为优雅即是承认在打造它们背后饱含着多么不同寻常的关心。在一个匆忙而且经常是漠不关心的世界中，它们就是一种象征，代表了耐心与慷慨，代表了一种甜蜜甚至是爱。它们的存在毫无理由，只不过是建筑师相信它们能娱乐我们的眼，愉悦我们的心。它们也代表了礼貌，在完成了严酷的任务后还想更进一步的冲动——还有牺牲，因为直边的支柱显然更容易支撑起这个铁制的拱廊。在它下面，有种能工巧匠的气氛，在它外面，在大街上总是匆忙和残酷，可在上面的顶篷上，在一个有限的领域内，却缠绕着花朵，而且当它们围绕拱顶盘旋之时甚至会开心地大笑。

尽管我们属于一种花费惊人的时间将一切都搞砸的物种，不过时不时地，我们也会兴之所至为我们的建筑加上个怪兽滴水嘴、

亨利·拉布鲁斯特，圣-热内维埃芙图书馆，1850

星星或是花环的装饰，而且并非出自任何实用的原因。在这些炫耀的最好的一面中，我们可以从这种物质化的记录中读出善心的标志，一种凝固化了的爱心。我们在它们中间看到了人类本性的另外那些侧面，正是这些侧面促使我们去奋进而非单纯地苟活。这些优雅的触摸提醒我们，我们并非只注重实用和明智：我们还是一种在没有任何利益或权力驱使下偶尔也会在墙上用石头雕个托钵僧或塑个天使的生物。为了不至于嘲笑这样的细节，我们需要一种对其实用主义与侵略争斗具有足够的信心，因此还肯承认也有不设防与游戏这样相反需要的文化——亦即一种不会受到软弱与颓废的威胁，允许我们为善心和爱意大声喝彩的文化。

左：威廉·欣曼（图案由罗伯特·亚当设计），铸铁栏杆细部，
圣詹姆斯广场20号，伦敦，1774
右：托钵僧，威尔斯大教堂，萨默塞特，1326

协　调

1

多年来，我在购物来回的路上总是经过一幢房子，尽管这是我所见过的最丑陋的建筑之一，它教给我的建筑知识却比众多建

身份危机的征兆：
左：伦敦，NW3 区
英式海滨小屋的美学被照搬到了一幢摩天大楼上：
右：西德尼·凯，高层建筑，谢泼德丛林区，1971

筑杰作都要多。

这幢房子位于伦敦以北一条林阴道的尽头，它之所以能吸引我的注意是因为它明显地根本没找到自己的定位，一直处于严重的身份危机中。看起来它的每个部分每一层都是由不同的建筑师团队分头设计的，而且后面接手的设计师对其前任的工作根本一无所知，所以最后的结果就成了众多相互冲突的风格的大杂烩，让人很不舒服。这幢房子的有些部分像是在盲目模仿都铎式农舍，其余的则拼命朝哥特式上面硬靠。它使用了根本就相互冲突的艺术、工艺运动及安女王式的建筑语汇。就连顶层都是扭曲的，似乎没拿定主意是想要个复折式屋顶呢还是成为规规矩矩的直边顶层。

2

几年后，我搬到了西边，又开始对一幢位于谢泼德丛林绿地区的高层建筑（四幢中的一幢）产生了类似的强烈情感反应。这幢高楼由西德尼·凯建造于1970年代早期，在首都的这个区域相当抢眼，它有二十层高，老远从海姆斯泰德就能望见。但是，它的高度却并不妨碍它看起来矮墩墩的。它的楼顶结束得无声无息，呈一个平面，底下是一系列强调水平轴线的粗重白线。与此同时，窗户既不管其自身是否美观又不考虑逐层上升的连续性，

“每一寸都是骄傲的、凌空的”：
对页：卡斯·吉尔伯特，伍尔沃思大厦，纽约，1913

却又从头到脚都是同样的式样而且一般大小。就仿佛将战后海滨小屋的美学照搬到了一幢摩天大楼上，结果这幢建筑自己都拿不定主意，是希望人们远在海姆斯泰德就能望见它呢，还是宁肯低调地隐身于当地更加普遍的又灰暗又低矮的红砖建筑中。它这种不确定性让我很是愤怒，我希望它要么谨慎地不显山露水，要么就充分展现它的高度和体积——不管怎样，千万别再在温顺和武断之间骑墙了，就像个坚持要走上前台的半大孩子，可一旦站在台上了又只会阴沉着脸一声不吭地盯着下面的观众。

又过了几年后，我才开始明白我为什么对这幢高楼这么反感，这要感谢路易斯·沙利文针对建筑批评史写的极有趣味的文章中的一篇：《高层办公楼的艺术性思考》(1896)。沙利文写于摩天大楼刚刚兴起时期的这篇文章认为众多新造的高楼都存在风格不协调的问题。而问题的关键在于，尽管它们的整体向上蹿升至二十或三十层的高度，可是其装饰主题仍然在强调水平轴线，而这种取向更适合一幢两层的帕拉弟奥式别墅。这种方式的结合致使它们似乎在笨拙地硬跟自己的目标过不去，就仿佛它们同时在朝竖直和水平方向拉扯。沙利文敦促建筑师们在设计摩天大楼时一定要遵循协调的原则。“高层建筑最主要的特征即它是高耸的，”他论道。“它的每一寸都必须是骄傲的、凌空的，以纯然的狂喜高耸入云，所以从头到脚它都应该是个整体，没有一根不和谐的线条。”不出几年，他的建议就在纽约与芝加哥那些伟大的摩天大楼身上得到圆满的实现，它们所具有的美就仿佛下定决心一心一意齐声宣扬高度的结果。从底层那锥形的入口到顶端无线电杆发出的朝周边眨着眼睛的红宝石般的亮光，这些高耸入云的办公大楼的每一寸都完全符合沙利文的期许：骄傲、凌空、狂喜而且绝对地协调。

3

当建筑开口讲话时，从来就不会只用一种嗓音。建筑是合唱团而不是独唱歌手；它们拥有的天性复杂多样，既能造就美的协和，同样也会产生分歧和不和谐。

有些建筑显然吃透了其美学使命，因此说服其各不相同的成分协同一致为成就一个整体做出合理的贡献，别的建筑则似乎对其目标犹疑不决，导致各种不同的特点各自怒冲冲地朝对立的方向发展。不一致的情况有多种表现，可以表现在比例上，也可以表现在窗户、屋顶和门谁主谁次的争执上。也可能它们的形式正好体现出对于幸福的本质尚未解决的诸多争论。

由此，在由奥托·瓦格纳设计的一幢维也纳别墅的柱廊上，一尊雕像向我们讲述的是东方情调，雕像旁的柱子却是古希腊式，而铸铁栏杆又是奥地利乡村花饰，结果就产生出一种混乱的感觉，这种混乱在帕拉弟奥的康塔里尼别墅中是绝不会存在的，其拱门与廊柱和谐一致，灰泥有效地抵消了石砌墙面的粗糙，而雕像则弥补了整体过于简朴的感觉。

左：奥托·瓦格纳，别墅，惠特贝格大街26号，维也纳，1886
右：安德烈亚·帕拉弟奥，康塔里尼别墅，帕多瓦，1546

我们可以说建筑没有任何一部分天生就是丑陋的；它只不过放错了位置或做错了大小，而美正是各部分和谐一致的产物。

4

建筑上的不协和也并不限于单幢建筑的设计。它也同样存在于一幢建筑与其所处背景——地理或年代之间的关系中，而且同样令人痛心疾首。

有一年夏天，我因为极想换个环境休息一下，就预订了欧罗巴旅馆的房间，旅馆是一组巨大的以新文艺复兴风格建造的红砖建筑，这种建筑在阿姆斯特丹比较昂贵的地段才能经常见到。房价一点都不便宜：标准的双人房要四万两千日元（早餐即便是最简单的米饭、味噌汤和蔬菜还要额外加两千三百日元）。不过这家旅馆至少位置极佳。步行至海牙的豪斯登堡王宫只需五分钟时间，朝相反的方向走十分钟就能到乌特勒支建于十二世纪的尼林罗德城堡。随处都可见奶酪店，成群的荷兰马，还有五个古代风车。此外，旅馆周围还环绕着种植有三十万株郁金香的花圃，只在地势开始陡升进入山区的地段覆盖着茂密的日本雪松。

然而，所有这些细节都无法使我摆脱刚抵达欧罗巴旅馆后就开始滋生并逐渐强化的古怪而又沉重的心情。我的不快肯定跟这样一个事实有关：即，跟表面情形相反，我其实根本不是在荷兰而是在日本，在一个占地一百五十二英亩、叫作豪斯登堡荷兰村的主题公园里，从长崎出发乘四十分钟的列车就能到达。这个超现实主义的度假胜地就是要重造一个二十世纪之前的荷兰旧貌，而且模仿得惟妙惟肖，街道和广场，运河网和海牙的皇宫一应俱全。在建造的过程中，身为手工艺大师的日本人小心翼翼地力求传真：他们参考了荷兰原始的建筑规划，不惜从世界另一端进口木材和砖石。可是这种精确还原历史的做法结果只是使这个地方显得加倍诡异和令人手足无措。

因发现自己在日本的乡间竟步入了荷兰的一角而产生的不适警告我们要对建筑提出一个进一步的要求：即它们不单应该协调其自身的组成部分，而且要跟它们所处的背景和谐一致；它们应该向我们讲述属于它们自己的地域与时代所具有的重要价值和特色。对于一幢建筑而言，能够反映出它的文化背景应该像能适应气象背景一样成为它的中心任务——一幢建筑如忽略了这一点，那它就像在热带地区却打不开窗或在山区却关不上窗一样不称职。

上：豪斯登堡荷兰村，长崎，1992
下：欧罗巴旅馆，豪斯登堡，1992

5

正如当我们的建筑与其背景格格不入时会让我们觉得非常不安，当发现相反的迹象——即建筑被烙上了当地鲜明的特色时我们则会很是高兴，哪怕是那些我们刚踏上一个全新国家时能吸引我们眼球的小东西。

抵达日本几个小时后，我躺在东京一家酒店里辗转反侧之际才第一次注意到房间里的电源开关和插头多么不一样。来到一个未知国度的兴奋感是跟这些小装置密不可分的，它们对于建筑的意义就像是鞋子之于人：能出乎意料地将一个人的个性展现得一目了然。我在它们身上发现了这个民族特性的前兆，也正是因为这种民族特性促使我做此远行的。它们正是当地那种与众不同的幸福的征兆。我的感受并非源自对异国情调的民俗的天真向往，而是希望发现存在于地域间的真正差异是如何在建筑的层面寻到恰当表达的。我期望电源开关，进而推广至整幢建筑，能使我清楚地意识到我正在此地而非彼地，正活在此时而非彼时。三更半夜在我住的酒店周围溜达了一圈之后，我又见到了更多无可争议的日本特征的表现。在一家餐馆里，我因一个电子控制马桶的复杂操作板而大感惊讶。在一个地铁车站附近，有台自动售货机可以提供瓶装水，就仿佛卖一份普通的快餐：袋装龙虾干螯肉。有些建筑上装着成排五彩缤纷的消防栓，在一个超市里，成桶的海苔漂浮在透明的胶状物中。在一个游戏厅里，除了驾车和滑雪的

水族捕手，新宿，东京

游戏外，还有一台投币游戏机，要你用一个电动钳子去抓一只疲惫又困惑的螃蟹，抓到了就成为你的晚餐。

我回到床上，陷入了时差导致的梦境，梦中满是霓虹灯、苔园、子弹头列车、和服以及螃蟹的破碎形象。

6

不幸的是，次日早晨的东京并未纵容我对当地特色的期许。当两千万人赶着去工作时，整个城市都笼罩着一种实用的气氛。

各商业区的街道上挤满了汽车和身穿深色套装的上班族：我真不知身在何处。广告灯箱的灯熄灭后，周围的建筑看起来一心甘于平凡。一簇簇乏味的摩天大楼主宰着地平线，它们陈腐的外观在无声地嘲笑我为了抵达此地穿云跨雪耗费的那十二个小时。就建筑意义而言，这跟在法兰克福或底特律又有什么区别。

即便是在相对而言的住宅区里，建筑仍然几乎完全缺乏民族根基或地域特色。巨大的新兴开发区随处可见，每幢建筑采用的材料和外观跟你在发达国家几乎任何地方的所见都没什么区别。在日本的建筑中似乎极少见到日本式的特征。

早期的现代主义者想来对此不会生出什么抱怨，因为他们本就期盼一个理性时代的来临，到那时地方风格将完全从他们的职业中销声匿迹，正如在工业和产品设计中它们已然销声匿迹一样。毕竟，不存在什么地域风格的现代桥梁或雨伞。阿道夫·洛斯曾打过个比方：要求特别属于奥地利式的建筑就好比要求特别属于奥地利样式的自行车或电话机一样荒唐透顶。如果这一事实具有普适性，那干吗还要求具有地域差别的建筑？东京好像就是那些现代主义者梦想的一个缩影，你在这儿只凭建筑根本就弄不清你到底漂泊到了哪个国家。

7

不过，毕竟还是有几个地方给美学留了条缝隙。一位朋友推荐我去一家旧式的传统日式旅店过一夜，这家旅店在大部分细节上都忠实地再现了江户时代（1615—1868）的建筑与设计风格。

这家日式旅店距东京有一小时的车程，群山环抱雾霭缭绕。周围是松林和一座苔园，旅店是一幢长条形木造亭阁，上覆传统的瓦顶。一位穿着和服与日式厚底短袜的接待员引我进入我的房间，房间装有日式拉门和书法装饰的障子。房间朝向一条小河和一个林木茂盛的山坡。日落前，我在附近一个露天的天然温泉里泡了个澡，然后又在花园的凉亭里饮用冰镇大麦茶。晚餐装在一组漂亮的食盒里呈上来。我品尝了什锦火锅和泡菜——然后伴着沿光滑的古火山岩从山上淙淙流下的山泉水声进入酣眠。

左：摩天大楼，汐留区，东京
右：镰谷市，千叶县，1993

可是一早，我因为不得不返回东京又开始觉得不爽。我郁郁不乐地吃了一碗干海苔，然后开始思索传统日本美学上的完美及其现代化身那粗俗的乏味之间的裂痕。

乘列车返回东京的途中，再次飞速地穿越沉闷的住宅区和公寓楼那被糟蹋了的景色时，我却甚至开始对日式旅店所代表的那个世界生出了反感，我着恼于它无力将其自身转化、融合进现代的现实中，着恼于它未能找到某种途径将其旧有的魅力植入新的表现方式。

一幢无法接受我们已然成年了的建筑：
庞德伯利，多切斯特，1994

我面对日式旅店而生的困扰与我曾在英国体验到的情感颇为类似，那是去参观庞德伯利的一个传统风格的村庄，位于多切斯特郊外。尽管那个村庄成功地展现出十八世纪乡村生活的精髓，可它仍然因为跟当代社会不论是精神还是现实的要求完全格格不入而简直令人抓狂。它就像我们幼年时候一个很是亲近、上了年纪的亲戚，可如今我们已经成年了，而他对在此期间造就了我们如今形象的详情却一无所知，不管好也罢，坏也罢。

8

我在日本停留期间有时确实也看到日本人愿意将他们的新建筑与他们国家的过去联系起来的表现。不过这些努力大部分看来都三心二意、过于多愁善感甚至完全彻底地缺乏耐心。

在京都一个拥挤的角落，在一幢办公楼的顶上，在空调和天线当中竟有一个很小的传统神社，看起来就像从天上掉下来响应那些现代建筑对付不了的特别的内在需要。过去和现在在此处根本丝毫没有要融合为一体的迹象；它们只是相安无事地共同存在着，而且看来丝毫没有相互取长补短的可能性。

而在别处，各公寓的门前只能摆放雪松盆景，苔园也只能种在盆里从阳台上挂下来。我曾见过印有书法的浴帘，见过厨房门上装的障子。我曾用过餐的饭店向观光客提供不使用塑料再造品的“真正古雅的房间”。一家保险公司或是邮局屋顶的四角有时会

四条通，京都

文雅地向上翘起，以向德川时代的建筑风格致敬。

不过这些本想超越庸俗模仿的努力的失败正表明了要想在一种现代形式中体现一种文化的传统特征是多么困难。障子并不一定能使一幢房子具有日本精神，同理，水泥和锈迹斑斑的黄铜也并不一定就不能。德川风格的真正后继者常常并不追求简单的形似：他们追求的相似更为微妙，端赖于比例和相互之间的关系——就像紫式部最优秀的译者常常是那些对具体的文字处理采取极为自由态度的译家，因为他们知道，逐字逐句的转换反而极少能保留原汁原味。

9

我首先注意到位于伦敦曼彻斯特广场（最著名的古典主义广场之一）上的一幢新建筑中存在的某些转化上的难题。负责设计俯瞰广场西北边办公楼的建筑师正确地认识到对窗户的处理是与已经存在的那些建筑立面保持和谐的关键所在，并因此为他们的大楼设计了白色矩形窗框。

左：GMW 建筑事务所，曼彻斯特广场西北面，伦敦，2001
右：曼彻斯特广场东南面，十八世纪晚期

可是不幸的是，这些建筑师没有认识到古典主义的窗框之所以值得注意并非因为它们的颜色或形状，而是因为它们的细长以及蕴涵于其间的优雅——这些品质由于他们采用了由工字钢构造的古怪而且粗重的窗框而令人痛心地牺牲掉了。尽管他们真心诚意地希望尊重过去，他们却惊人地一上来就忽视了过去为什么值得尊敬的真实原因。如果他们完全照搬另一组窗户的设计——剑桥女王大

现代装束的古典主义：
迈克尔·霍普金斯，女王大厦，伊曼纽尔学院，剑桥，1995

厦立面上的窗户的话，结果会好得多。虽然那些窗框不是白的而是银黑色的，而且与其说是垂直的毋宁说是水平方向的，可它们跟那些位于显然更加令人尊敬的伦敦街区上的窗户相比，却显得更加富有真正的古典建筑的品质。真正的致敬极少让你一目了然。

10

我在想，现代日本建筑的成功范例——既能避免庸俗模仿又能恰当地与其地域和时代协和一致——应该是什么样子？

从民族的角度来看这个问题，倒确实有过几次解答的尝试，不过不是日本，而且解答的方式也有点神神道道，仿佛是在暗示某些界线，它们以某种方式界定出客观、可知的个性，而建筑则应该对这些个性作出解读，然后再被动地予以反应。歌德在其《论德国建筑》（1772）中宣称德意志在“本质上”是个基督教国家，因此新德国建筑惟一合适的风格就是哥特式。每看到一个教堂，歌德写道："一个德国人就该感谢上帝，因为他能够大声地宣称'这就是德意志的建筑，我们的建筑'。"

可事实上，没有任何一个国家具有曾经专有或被锁定于一种风格的先例。一个民族的建筑定位，就像更加广义的民族定位一样，并非全由其国土所决定。历史、文化、气候和地理等为建筑提供了众多可与之响应的可能的主题（或许没有豪斯登堡的建筑者所希望的那么宽泛，也不像歌德建议的那么局限）。如果我们不再将某些特定的风格认定为某些特定地域不可分割的产物，它就只构成对建筑技术的一种贡献，借助于它建筑师诱使我们透过他们的眼睛来看这个环境，并因此使他们的建筑成果显得合情合理。

巴西的理想，与这个国家的"白色沙滩，崇山峻岭——还有那晒得黝黑的美丽女性"协和共鸣：
奥斯卡·尼迈耶尔，库比契克宅，潘普拉，米纳斯吉拉斯，1943

因此，争论的焦点就并非在于一个国家或民族的风格应该就是什么，而在于它能够表现为什么。建筑师拥有选择的特权，可自由地选择当地精神中那些他乐于相信的侧面予以表现。比如说，虽绝大多数社会都经历过不同程度的暴力和混乱，我们却不乐意看到我们的建筑去反映这样的“时代精神”特色。还有，如果建筑师们完全抛弃现实，如同在个人事务中一样，我们也不喜欢在我们的建筑环境中存在假象。去创造那些丝毫不能反映我们占据主流的道德或理想的设计，我们也会感觉很不舒服。

于是，一幢恰当地符合语境逻辑的建筑就被限定为能够体现出其所处的时代与地域所拥有的最值得称羡的价值观与最高雄心

“屋如其人”：
杰弗里·巴瓦，议会岛，科伦坡，1982

的建筑作品——一幢可当作现实可行的理想之体现的建筑。

如此一来，这样一幢建筑就好比是同样语境下的一个令人景仰的原型人物了。奥斯卡·尼迈耶尔曾表达过他希望自己的建筑作品能够分享到这个时代最开明的巴西人的外观和态度：它们应该意识到这个国家殖民地历史的负担和特权，又不被这些东西所压倒，它们应该与现代技术共鸣，同时又应该保持一种健康的游戏心态和感官性。还有，他注意到，最重要的是它们应该表现出它们与巴西“白色沙滩，崇山峻岭——还有那晒得黝黑的美丽女性”之间的密切关联。

激发杰弗里·巴瓦在科伦坡市郊筑就议会岛建筑群的亦是类似的一幅当代理想化的斯里兰卡肖像。这组建筑是当地与国际、历史与现代的综合体，屋顶采用的是前殖民时期佛教圣地康提的寺院与皇宫的宝盖顶形式，而内部则成功地综合了僧伽罗、佛教和西方特色。巴瓦的建筑不但为国家的立法机关提供了一个家，而且向我们展示了一个现代斯里兰卡公民理想的迷人形象。

11

结果是，东京和别的地方的一些民用建筑与日本伟大的传统建筑作品的内在抱负达到了一种微妙的协和共鸣。

日本这个民族建筑的美德——简单、有效、谦逊、优雅——在几幢乍一看跟历史毫无联系的建筑中得到了再现。只有经过细心查考，你才会意识到一种几乎跟古代房屋完全一致的感性气质，而这种气质却是完全在现代材料中体现出来的。

在东京的一条后街上，这样的一幢房屋向世界展现的只是一张默然的水泥面孔。钢制的大门通向一条窄径，窄径的尽头就是一个粉刷成白色的两层楼高的中庭，照明采用房顶磨砂玻璃的天窗散射进来的太阳光。虽说这是个家居环境，却具有一种宗教性建筑才惯常拥有的那种空寂与纯粹之感。这幢房子促使我们从喧嚣的尘世撤步抽身，推崇的是在日常生活中创造出一个精神避难所的禅宗信条，这并非为了逃避现实，而是藉此更加靠近居于其中心的某些内在真实。

这幢房子没有看得见风景的窗户，也许如此方能助其住户看到真正需要细心体察的对象。从房顶泻下的光具有跟透过障子透出的光同样温和迂回的价值。建筑师已经认识到，而他的众多二流的同行却没有这种认识——这种照明效果已经不能再靠纸和木头达到，而通过一种更加耐用的方式比如采用磨砂玻璃窗却有异曲同工之妙。托了这些设计的福，整幢房子具有了一种超脱尘俗、冥想沉思的气质：进入其间就会感觉亲近到一个阴翳和朦胧的世界。下雨的时候，滴滴答答的水声从头顶传来，而磨砂玻璃却隔绝了落雨的乌云。这幢建筑真可以使你的思绪超然于物外，直窥入现象的本质。

另有一幢住宅，它的两翼由一个露天的中庭连接，这样即便是在冬季，为了从起居室走到卧室都须经过户外。它确实强化了

手冢建筑事务所，重箱宅，世田谷区，东京，2004

西方人经常针对日本房屋的一种抱怨，即那种神秘兮兮的冰冷感，不过这幢住宅对保暖措施的漠视却远非意外所致，而是有意为之，以提醒其住户不要忘记他们跟自然的联系、他们对自然的依赖以及所有生灵均须和谐相处的禅宗思想。在隆冬季节，只需到厨房走一遭，就能学得关于人在一个更广大更强有力的宇宙中所处位置的简短而又辛辣的一课。而这个广大的自然世界是经由最为抽象的方式唤起你注意的，并非通过种满成熟植物样本的草坪，而是经由空气本身的温度、薄薄的一层苔藓还有三块精心布置的火山石传达出来的。

我所邂逅的这几幢了不起的现代住宅的家居设置通常也非常简单，以附和日本美学长期以来对空寂与素朴的推崇。日本中古朝臣鸭长明在其《方丈记》（1212）中描述了从多余的财产中脱身出来专注于聆听自己灵魂喃喃自语的大自由。结果就是简单的木制茅屋在日本的想象中获得了一种超凡脱俗的位置。安土桃山（1573—1614）与江户时代的大领主们每年都要匀出几个月时间在茅屋中度过，将他们的官府和城堡抛在脑后，为的是服从禅宗的洞见：精神的启蒙只能经由去除了烦琐装饰的生活才能获致。

还有其他几幢现代住宅也同样忠实于日本传统上对有缺憾的材质的喜爱。距东京几个小时车程的一幢度假小屋，其厚重的外墙是由粗糙生锈的铁板筑就的，上面覆满青苔和水渍。主人压根就不想把这些痕迹清除掉或者装一套排水管保护这些材质；没错，这里确实有一种眼看着自然侵蚀人造物品的存心的乐趣。那些历史悠久的茶馆出于同样的原因采用未经涂饰的天然原木，珍视岁月的流逝在木材上流下的光泽和痕迹，他们将其视作超越了世间万物的智慧的象征。谷崎润一郎在《阴翳礼赞》（1933）中试图解释他和他的国人为什么会觉得瑕疵是如此美丽："我们发现其实难以真正喜欢那些闪闪发光的东西。西方人喜欢用银质、钢质和镀镍的餐具，而且把它们擦得锃光瓦亮，可我们反对这种做法。虽说我们有时确实也用银质的茶壶、酒壶和酒杯，我们可是宁愿不去擦它们。相反，只有当这些器物表面的光泽褪去，当它们呈现出一种发黑的、烟熏一样的锈迹之后，我们才真正开始喜欢它们。"佛教的经文将不能容忍有缺憾的木、石与无法接受生存那天性固有的搓磨本质联系在一起。不像我们自身的挫折和衰落，同样的情形表现在建筑材料上却是不同寻常地优雅，原本的木、石，如今的水泥和木材，都会慢慢地带上岁月的痕迹，愈发尊贵。它们不会像玻璃那样歇斯底里地粉碎，不像纸张那样容易撕毁，而是带着一种忧郁、高贵的气质慢慢失去亮色。度假小屋那锈迹、水迹斑驳的外墙正是一个最为精雅的容器，其中怀抱的是人生无常的哲思。

12

对于传统建筑风格成功的现代再阐释不单单能在美学层面上

打动我们。它们也向我们显示出我们如何才能超越时代和疆域，在继承我们的先辈与地域传统的前提下融入现代与世界。

那些了不起的现代住宅很乐于承认它们的青春年少，光明正大地得益于先进的现代材料，不过它们也知道如何吸收它们传统世系中那些动人的主题，并因此能够疗治因这个残酷飞速变换的时代所造成的创伤。在并不对于它们宣称热爱的历史屈尊俯就的前提下，它们也向我们显示出我们如何能将过去值得珍视的部分与地域特色带入一个永不停息的全球化的未来。

13

从日本回来几个月后，我又进行了一次穿越荷兰之旅，并意识到荷兰人有时也会像日本人一样弄出些很不协调的大杂烩来。荷兰同样有众多建筑让人摸不着头脑，从中根本看不出在当下如何才能过一种充实的生活，而且虽说跟长崎的模仿版相比与其地域的关系要和谐得多，却同样跟时代格格不入。

不过从阿姆斯特丹往西到哈勒姆和海岸线的路上，我却邂逅了维支惠曾村的一个新建区域，这个新区的建筑成功地纠正了豪斯登堡荷兰村犯下的所有严重错误，因为它们不但兴建于本乡本土，而且使自己完美地适应于它们当前的这个世纪。

远看，这个村子很传统。房舍都是尖顶，而且也是按照典型的城郊排列方式建造的。只有近距离观察后，你才会注意到那些

瑞士山区一幢将新旧融为一体的建筑：
彼得·祖姆托，古加仑宅，韦山姆，1994

特别当代的格调：建筑侧面的角度非常锐利，仿佛在暗示一种对于它们这种原始形状的反讽或自觉。房顶覆的不是瓦片，而是由罗纹钢片制成，外墙也不是砖石砌就，而是混合了钢板和同样有罗纹图案的木料筑成。在这种传统形式与现代材料的结合中，你能感到过去与现代之间正在展开一场令人尊敬的对话。

这些住宅知道如何使自身适应现代荷兰的现实，同时又毫不声张地保持着它们的世系与血统。它们看似重造了典型的荷兰民居，却成功地既未屈从于怀旧，又绝没有忘本。

与地域及时代和谐一致：
S333 建筑事务所，新区，维支惠曾，2004

259.

自知之明

1

我曾在巴黎第二区的一个小旅店里度过一个夏天，距老国家图书馆那冷冰冰的严肃领地只一箭之遥，我每天早上都要前去徒劳地为一本我希望写（却从未写成）的书查阅资料。那是市区一个很是活跃的部分，在厌倦了工作时——其实厌倦的时候占了大部分时间——我就经常在旅馆附近的一个小咖啡馆消磨时光，咖啡馆的名字像是源自一位导游的大名，叫“安托万咖啡馆”。安托万已经故去，不过他的小舅子贝特朗接手了咖啡馆，而且以非凡的兴致和魅力将其经营得有声有色。看起来好像每个人在一天中的某个时刻都会顺道过来坐坐。优雅的女士会在早上靠着柜台来杯咖啡抽根香烟。警察叔叔在那儿吃午饭，学生们在午后待在带篷的阳台里消磨时间，到了傍晚，这里就会挤满学者、政客、妓女、离了婚的男女以及观光客，调情、争吵、吃饭、抽烟外加打弹子球。结果，我虽说孤身一人寄居巴黎，而且经常好几天都几乎不跟任何人讲一句话，却从未感觉到在其他城市经常会产生的疏离感——比如说洛杉矶，我曾在两条高速公路之间的一个街

一个伟大城市的未来：
勒·柯布西耶，“另一个”巴黎的设计规划，1922

区住过几个礼拜。那个夏天，就像之前和此后的无数人一样，我想象不出还有比永远在巴黎住下去更大的乐事了，就这么泡泡图书馆，遛遛大街，从“安托万咖啡馆”的一个边桌后头观察这个世界。

2

也因此，几年后，当我翻阅一本城市规划的插图书籍时才忍不住大感惊讶，原来就在我曾寄居的那个地区，包括我的旅店、那家咖啡馆、当地的洗衣店、售报亭，甚至国家图书馆，一度全都落入了一个规划区域，而二十世纪最有智慧最具影响的建筑大师之一一度想系统地全部将其炸毁并代之以一个点缀着十八幢六十层高的十字形高楼的巨大花园，楼高将与蒙玛特尔的低坡取齐。

这个明显是发了狂的计划不禁激起了我的兴趣。我翻到了一张勒·柯布西耶靠在他的设计模型上，面向一排当地的议员和商人侃侃而谈的照片。他头上既没有长角屁股上也没拖条尾巴。他显得既智慧又人道。只有在充分理解了一个理性之人是如何起意要摧毁半个巴黎市中心的，只有在对这个计划背后的志向产生同情并对其中的逻辑产生尊敬后，再开始嘲笑或者确信自己超越了这个关于城市未来的非凡创意，才算得上公道。

3

勒·柯布西耶草拟他的巴黎未来蓝图之际正是前所未有的城市危机出现之时。在整个快速发展的世界上，城市的规模正在爆炸性地扩张。1800 年的巴黎有六十四万七千人口。而到了 1910 年已经膨胀到三百万，巴黎已经不堪重负。几年之内法国的大部分农民阶层已经集体决定放下手里的镰刀拥到城市中寻求更大的机会——这个过程造成了极大的环境与社会灾难。

在公寓住宅中，几个家庭挤在一个单间里成了司空见惯的现象。1900 年，在巴黎比较贫困的区域，一个厕所通常要供七十个住户之用。一个冷水龙头都成了奢侈品。工厂和车间就开在住宅区中间，肆意排放着浓烟和各种致命的排泄物。孩子们就在院子里的污物和垃圾堆里玩耍。经常暴发霍乱和肺结核的流行。街上不管白天黑夜都拥挤不堪。晚报上不断报道导致断肢的事故。一匹马在与一辆公共汽车相撞后，竟被歌剧院大街上的一根灯柱所刺穿，挂在了上面。关于二十世纪早期的城市风貌，再也没有比这个场景更生动的图解了。

4

勒·柯布西耶深为这样的状况所震惊。“所有的城市都已陷入无政府状态，”他论道。“这个世界病了。”鉴于危机的规模和程度，最切中病根的猛药就是秩序了，建筑师哪还有心情顾虑什么副作用。毕竟，具有历史意义的巴黎不过是身患结核病的巴黎的代号。

他的宣言包含在两本书中：《明日之城及其规划》（1925）和《辉煌的城市》（1933），号召跟过去一刀两断：“现存的中心必须推倒。为了自救，每个大城市都必须重建其中心区域。”为了避免过度拥挤，旧有的低层建筑必须被因钢筋混凝土技术的发展新近才成为可能的新兴建筑所取代，即：摩天大楼。“两千七百个人将共用一扇大门，”勒·柯布西耶赞叹道，他还继续想象更高的大楼，有的甚至能容纳四万人居住。当他首次参观纽约时，竟然

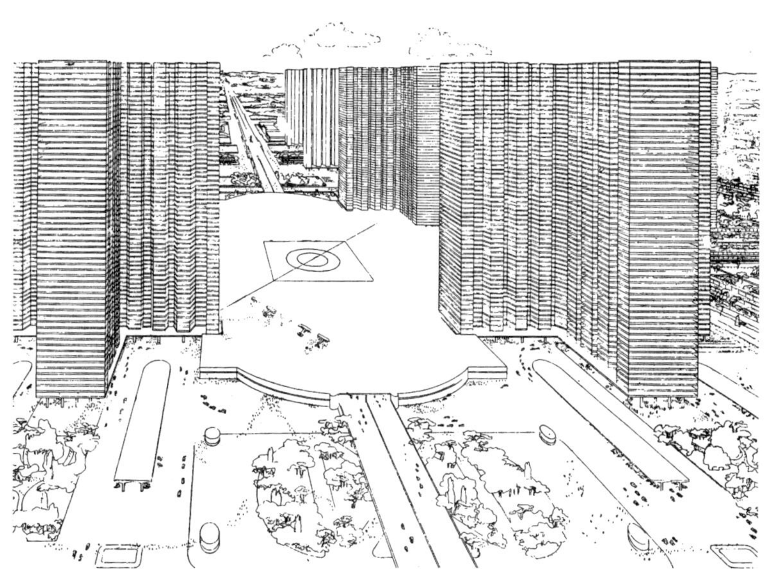

摘自勒·柯布西耶，《明日之城及其规划》，1925

对当地建筑的规模大失所望。“你们的摩天楼太小儿科了，”他对《国际先驱论坛报》一位大吃一惊的记者道。

将城市向高处发展，将一次解决两个问题：过度拥挤与过度扩张。既然高层建筑为每个人都提供了足够的空间，那就不需要再将城市外扩、吞并周围的乡村了。可是勒·柯布西耶认为“我们必须消灭郊区”，他的这一论点既是基于他对城郊居民狭窄的精神视野的鄙视，同样也源自他对篱栅环绕的别墅建筑美学观的痛恨。在新型城市中，城市生活的乐趣将向所有人敞开。尽管人口密度达到每公顷一千人的程度，每个人却都能得以安居乐业。连

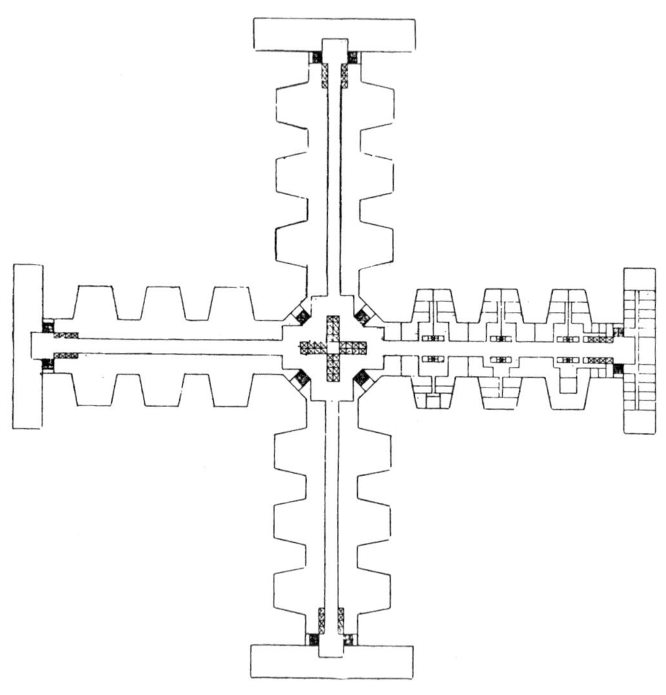

可容纳四万人的摩天大楼：
摘自勒·柯布西耶，《明日之城及其规划》，1925

门房都能拥有自己的书房，勒·柯布西耶补充道。

城市中还会有充足的绿地，而且城市用地的百分之五十将成为公园——为的是，照这位建筑师的说法，“一出家门就是运动场地”。而且，这个新型城市不单单是拥有公园，它本身就是个巨大的公园，巨大的高楼不过点缀在绿树之间。公寓大楼的楼顶将用作网球场和人造沙滩，你可以打打网球或是舒舒服服躺在上头晒太阳。

与此同时，勒·柯布西耶还几乎要废弃城市的街道："我们的街道已经起不到任何作用了。街道本身就是个过时的概念。不该再有街道这样的东西存在于世了；我们须得创造取代它的东西。"他咄咄逼人地指出巴黎街道的设计起始于十六世纪中叶，那时候"有轮子的交通工具只有两种：要么是王后的马车，要么就是迪亚娜公主的马车。"他痛恨汽车和行人共用街道的传统做法，认为这毫无必要，因此他建议这两者应当分离。在那个新型城市中，居民将有专用的步行道，蜿蜒穿越树木和森林（"行人不会碰到一辆汽车，永远不会！"），而汽车将享受宽阔专用的高速公路，而且有平坦、弯转的立体交叉系统，保证驾车者不必为了行人的缘故减速慢行。

在勒·柯布西耶眼中，纽约跟巴黎相比更是不合理城市的代表，因为它将摩天大楼这种属于未来的建筑嫁接到更适合中世纪布局的紧密的街道规划中。他在美国转了一圈后，建议他越来越摸不着头脑的美国东道们，曼哈顿应该彻底拆除，为一种新鲜而且更为"笛卡儿式"的城市设计让路。

将车辆和行人分离还不过是勒·柯布西耶完全彻底地重造新型城市生活的一个要素。所有的功能将是一个不可分割的整体。比如，在住宅区中间将不再有工厂，因此孩子们在入睡时附近就再也不会有锻造钢铁的噪声影响他们入眠了。

那个新型的城市将是个绿色空间、清新空气、充足住房和遍地鲜花组成的大舞台——而且，按照《辉煌的城市》中一个标题所作的保证，不是为少数人独享，是"为我们所有人共享！！！"

选自勒·柯布西耶，《辉煌的城市》，1933

5

可是具有讽刺意味的是，在勒·柯布西耶当初的梦想推动下结出的果实却是现在环绕具有历史意义的巴黎的那些反乌托邦住宅，是片片荒地，观光客们在进入这个城市的时候都会半是恐惧半是不相信地把目光转开。乘坐横越英吉利海峡的海底列车进入最暴力最堕落的地方，会让我们意识到勒·柯布西耶关于建筑，或者更广义地说，关于人性都遗忘了些什么。

比如说，他忘了哪怕你那二六九九个邻居中只有几位决定开个派对或买把手枪就该是多么棘手的事儿。他忘了钢筋混凝土衬在灰色的天空下该是多么单调。他忘了如果有人在电梯里放了把火而你的家又在四十四楼该有多么尴尬。他还忘了，尽管我们对贫民窟有诸多不满，我们却根本不会在意里面的街道设置。我们喜欢那些能围绕我们形成连续不断的线条，并能令我们感觉在房间里与在露天一样安全的建筑。如果一片风景既非完全没有建筑又非建筑太过密集，而是散布着构不成角度和线条的高楼，总归感觉有些不对劲，这样的风景既剥夺了我们享受自然又剥夺了我们享受城市生活的真正乐趣。而且因为这样的环境不称人意，居民们恶意对抗这种环境的风险自然也就更大了，他们会跑到他们居住的高楼之间那些凹凸不平的土地上，朝轮胎撒尿，焚烧汽车，注射毒品——将他们人性中最黑暗的侧面统统发泄出来，而对此这片景色根本无力表示抗议。

勒·柯布西耶在急吼吼地忙着把汽车与行人彻底分离之际，也未曾洞见这两个貌似对立的力量之间存在的奇异的依存关系。他忘了如果没有了行人迫使它们减速，汽车只会开得太快，直到害死驾车的人为止，而如果没有了汽车盯着行人，行人只会自觉非常孤单脆弱。我们之所以欣赏纽约，正在于交通和人群已经被迫形成了一种困难却卓有成果的联合。

如果一个城市的布局太过理性和条理，不同的功能（居住地、购物中心、图书馆）分割得太过分明，中间隔开很大的距离，只由高速公路相连，那就会剥夺其居民很多意外发现的乐趣，而且等于预先设定我们从某地到某地必是先有了不可动摇的目的才动身的。可事实上，尽管我们可能表面上是去图书馆查资料，我们仍然很高兴在路上看到鱼贩子将它们那些暴眼睛像是惊呆了的猎物摆放在冰块上，看到工人把印花沙发往公寓楼里抬，看到树叶迎着春阳展开它嫩绿的手心，或是一位栗色秀发戴眼镜的女孩在一个汽车站读一本书。

增添了商店和办公楼的同时也为原本惰性十足的住宅区增添了某种兴奋的刺激。即便是跟商店最不经意的接触也会为我们注入一种我们并不总能全靠自我创造出来的活力。凌晨三点孤零零懵懂懂地醒来时，我们可以看看窗外，从街对面某家店铺仍在闪烁的霓虹中寻到安慰，它们标示的是瓶装啤酒或二十四小时供应的比萨广告，它们以其特殊的方式在这个偏执狂一般的凌晨时分唤起一种令人欣慰的人类的在场感。

所有这一切，勒·柯布西耶全都忘得一干二净——建筑师经常这么健忘。

6

而且，由于要理解我们的需要并将其转化为毫不含混的建筑语汇本身即存在难度，由此造成的疏忽也在所难免。当一个房间明暗适宜，一架楼梯上下方便时，要赏识它们的好处自是不难，可要将这种舒适的直觉感受转化为一种探求其之所以舒适的逻辑的理解那就实属不易了。设计就意味着强迫自己忘却我们确信已然知道的事实，而去耐心地剥离出隐藏在我们这些习惯性思维方式背后的心理机制，并充分认可其神秘性，承认在诸如关灯或开水龙头这样的日常事务背后那令人目瞪口呆的复杂性。

这也就难怪竟有那么多建筑令人难过地证明了自我认识的艰巨性了。难怪那么多房间和城市，其设计师都未能将他们对于自身需要的无意识的理解体现为明确可靠的形式以满足他人之需了。

我们的行为充满了怪癖，经常会突发奇想而且剑走偏锋。与其歪在房间中央柔软的扶手椅上，我们倒可能觉得在靠墙的硬木凳上坐一会反而更舒服。我们会对景观设计师专为我们修建的小径视而不见，特意去抄我们自己的小道——正像我们的孩子可能觉得在一个停车场的通风井里玩要比在特意修建的游乐场里更开心一样。

我们的设计屡屡出错的原因就在于，我们的满足感是由微妙而又意想不到的细丝织就的。我们的椅子单单能舒服地把我们托住还远远不够；它们还应该额外为我们提供一种我们的后背受到遮挡的感觉，仿佛在某种程度上我们仍在逃避一种继承自祖先的对食肉动物的袭击的恐惧。当我们走近大门时，我们喜欢门前能有一道小门槛，有一道栏杆，一个天篷或是一排简单的鲜花甚至石头——这些特征能够帮助我们划分出公共和私人空间的过度并以此安抚进入或离开一幢房子的焦虑不安。

就算是设计方面忽略了很多微妙的细节特征，我们通常也不会由此而长期忍受痛苦；只是我们就得被迫加倍努力才能克服我们的慌张与阵阵的不安感觉。然而如果有人问我们到底怎么回事，我们又很可能不知道该如何将我们周围环境中的有害特征用语言表达出来。我们可能会求助于神秘兮兮的表达方式，诉说沙发与地毯之间搭配得很不吉利，大门产生的不祥磁场或是窗户散发出来的格格不入的能量——不这么说就很难解释清楚我们愤怒的原因。虽说我们对环境的感觉绝非不可理喻，可也不难看出我们为什么会求助于宗教性的上层建筑以求框定我们那些很难描述的不适感。

不过，所有这些不适感归根结底也没什么玄妙的，不过是环境没有成功地与我们的感情形成共鸣，是由于建筑师忘记了对人类精神的怪癖给予足够的尊重，他们任由自己被“我们可能成为什么样子”这种过于简单化的想象牵着鼻子走，而不去顾及“我们原本是什么样子”这一错综复杂的事实。

7

建筑师不能创造出适宜的环境正可以映射出我们在自己生活中的其他领域亦无力寻到幸福的状况。坏的建筑归根结底不但是设计的失败，亦是心理的失败。它不过是通过建筑材料表现出来的一个例证。同样的倾向如果放在别的领域将导致我们入错行，嫁错郎，或订错了假期：这种倾向未能理解我们到底是谁，到底什么能满足我们的需要。

在建筑领域中，正如在众多的其他领域，我们总是力求为我们的困境寻找出路，结果却总是堕入陈腐的老套。在本该悲伤的时候我们却很愤怒，在本该为古老的街道引入适合的卫生设施与照明系统的时候却把老街给拆了。我们根本就没能领会我们为什么痛苦，同时却徒劳地想抓住幸福的根源。

相反，我们称之为美的那些所在正是由极少数的建筑师满怀谦卑，充分地质疑与审视自己意欲将其对于快乐稍纵即逝的理解转化为具有逻辑性的规划的热望与执拗之后创造出来的作品——这种综合之后的结果使他们创造出的环境能够满足我们那些从未明确意识到的需要。

六　土地的承诺

275.

1

城镇外面的一块土地。在几百万年的岁月中，它一直沉睡在冰层的覆盖之下。然后，一群长着明显下颌的人在此安顿下来，生起了火，在一块石头底座上，向奇怪的神祇奉献应时的动物牺牲。几千年又倏忽逝去。发明了犁，开始播种小麦和大麦。这块土地先是由僧侣拥有，然后是国王，再然后是商人，最后是个农民，政府付给他一笔慷慨的资助，作为将这片土地改造为一片五彩斑斓的金凤花、牛眼菊和红三叶草草地的补偿。

这片土地已然频遭变故。战时一架德国轰炸机因严重偏离目标曾在它上空飞过。孩子们打断了长途驾车旅行，在它边上呕吐。人们在傍晚躺在这片土地上，猜测头顶上的光是星星还是卫星。鸟类学家穿着米灰色的短袜踏遍这片土地找出一窝窝黑色红尾鸲。两对挪威夫妇骑自行车环游英伦诸岛的途中在这儿露营过一夜，他们在帐篷里唱“安娜·克努茨多特”和“在群山峻岭之间”[1]。狐狸四处查看。老鼠四处探险。小虫子把脑袋垂下。

可是属于这片土地的时间已经到了头。那片长满蒲公英的地方将成为 24 号的卧室。几米开外的虞美人丛将是 25 号的车库，还有，白色的剪秋萝丛将是 25 号的餐厅，一个尚未出生的人将来有一天会在那里跟他或她的父母争吵。在灌木树篱上面将是个孩子的房间，这房间的草图正由高速公路旁工业区内一间装有空调设备的办公室里的女性用电脑勾画着。一个在地球另一边机场里的男人将会思念他的家人，想起他的家，他家的地基就打在如今躺着一个水洼的地方。大科斯比村将尽其所能展现它的历史和必然性，将再也不会有人说起红尾鸲、野餐或回响着“在群山峻岭之间”歌声的漫长夏夜。

2

新房屋的建筑是典型的亵渎神圣的同义词，由此产生的街坊四邻也绝对没有它们所取代的乡村景色优美。

这个结果虽说苦涩，我们还是照常规听天由命地被动接受了。我们的默许源自建筑物仅以其存在这个简单的事实就可获致的权威。它们的规模与坚固，它们的毫无来由，清除它们的困难和糜费，都使它们像一面丑陋的崖壁或一座小山一样具有了不可挑战的信心。

因此，我们也就控制自己不向一座公寓大楼、新建的过时村

1　两者都是挪威家喻户晓的民歌。——译者

庄或是河畔大厦提出那个最基本也最令人气愤的政治问题："到底是谁干的？"然而你如果调查建筑兴建的过程，你就会发现这些不幸的案例归根结底并不能归咎于上帝之手，或归咎于任何不可动摇的经济或政治必然性，也不能归因于买家不容改易的愿望或出于人类更深的腐化堕落，其归根结底的原因在于缺乏雄心、无知愚昧、贪心不足与全属凑巧的混同一气。

一个毁了十平方英里的乡野的开发区不过是少数几个既非特别罪孽深重又算不得恶意狠毒之人的杰作。他们可能就叫德里克或马尔科姆，休伯特或施格鲁，他们可能热爱高尔夫或动物，可是，在几个星期之内，他们就能将计划付诸实施，将一片已经有三百年或更加历史悠久的景色从根本上毁掉。

同样陈腐的想法如果表现在文学领域，至多产生几本语无伦次的坏书或冗长乏味的剧本，可是应用于建筑领域，则会留下从外太空都能看得到的伤痕。坏建筑就是一个大写的凝固的错误。不过也仅只是个错误，而且，尽管其外表的形成伴随着无数脚手架、混凝土、噪音、金钱和大夸海口，它同样像生活中其他任何领域中犯下的愚蠢错误一样不值得我们任何额外的尊重。就像对待不公平的法律或胡说八道的论点一样，我们也丝毫不该受到平庸建筑的胁迫。

对于该建什么我们应该恢复一种多变的柔韧感觉。没有什么既定的脚本来指导推土机或起重机的方向。在痛惜已经丧失了那么多机会的同时，我们仍然毫无理由放弃一个信念：我们一直都有可能将我们的环境塑造得更加美好。

3

伦敦的很多部分变得如此丑陋当然并没有什么天生注定的原因。1666 年 9 月，在伦敦大火几乎将整个城市烧成白地之后，克里斯托弗·雷恩向查理二世呈上了重建首都的规划，规划中包括了林阴大道和广场、城市景观和对称的大街，还有一套与之相配的道路系统以及适合的河边地段。伦敦为何不能有类似巴黎和罗马的荣光？它也可以成为一个伟大的欧洲城市，而不是像后来的洛杉矶和墨西哥城那种随意蔓生的城市。

查理二世大为赞赏雷恩城市规划的优美和睿智。可是如何实施这一规划可不是他一个人说了算的：他没有绝对的权力，必须提交市议会审议，而市议会又是由商人把持的，他们只关心他们的税收收入并处心积虑地想调停他们中间互不相让的财产权。雷恩的规划由一个议会指定的委员会负责评估，结果被判定为过于复杂。保守主义和畏首畏尾占了上风，到了次年二月，这个计划彻底破产，雷恩的林阴大道成了白日梦，伦敦自身完全被商人的利益所掌控，他们都不甘心在一年的利润中损失一个银币，却高高兴兴地迫使首都在三个多世纪里都沦为劣等城市。

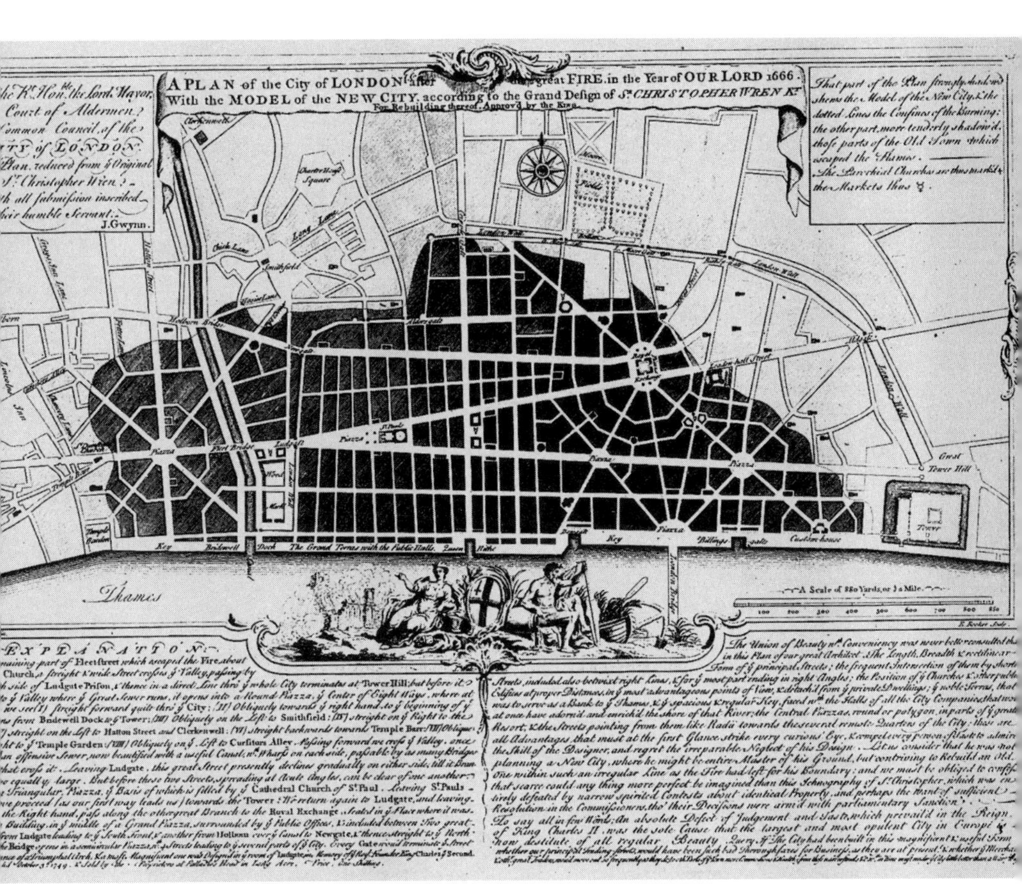

克里斯托弗·雷恩，《伦敦城市规划平面图》，1666

4

当我们查阅伦敦郊区的旧地图时，会发现坏建筑的偶然性本质同样显而易见，因为现如今连绵数英里杂乱不堪的地区曾经是大片果园和露天草地。白城曾经有农场而威尔斯登交叉口曾有过苹果树。形象丑陋的谢泼德丛林区和哈勒斯登如今占据的地段曾一度有无限的可能性，这里本可以兴建堪与巴思与爱丁堡相媲美的街道。

这种说法听起来或许显得有点自吹自擂，这只是因为我们不愿去设想在一块从未发生过重要事件（只缓慢地孕育出野苹果树）的普通土地上，竟有可能建成世上最伟大的城市建筑之一——另一幢皇家新月大厦或另一个夏洛特广场。我们易于陷入种种不合逻辑的假设，这些假设使我们无法苛求我们的建筑师：我们假设人造之美预先注定只能存在于这个世界的特定部分，别的地方一概无份；假设城市的杰作是那些根本上不同于我们、比我们更加伟大的人民创造的；假设优良的建筑跟总是取代了其位置的丑陋建筑相比肯定靡费无度。

可事实上，在老约翰·伍德来到巴思和詹姆斯·克里格带着他的新城规划来到爱丁堡之前，不论是巴思的小山还是爱丁堡旧城中心上面靠近沼泽遍布的“北湖”的土地，都毫无出众之处。都不过是普普通通的一块块土地，上面只有野草、羊群、雏菊、树木，爱丁堡那儿还有一群群的毒蚊子。为了免得我们把假设命定要伟大的焦点从地方转移到人身上，我们应该赶紧指出伍德和克里格虽既富有想象力又绝对不屈不挠，却都不是什么独一无二的天才。他们建造的宜居的广场、花园和大街所遵循的都是些世代广为流传的原则。不过这两个人的胸中都燃烧着要将传奇式的城市变为现实的渴望，他们要创造新的雅典或耶路撒冷，而且他们的雄心壮志赋予了他们充分的信心，这才克服了困难重重的实际挑战，最终将原野化为了迷人的街道。自认天降大任于自身，自觉生逢其时自然也会导致目空一切和误入歧途，不过它同样也提供了一种不可或缺因而绝非徒劳无益的保证，美只有藉此才有机会最终胜出。

费用也不能成其为借口。虽说巴思的新月楼和爱丁堡的新城建得并不便宜，我们却不能把缺乏灵感怪到贫穷上头，认为预算紧张自然造成建筑丑陋——往利雅得富裕的郊区和锡耶纳那些店铺掌柜的家里走一圈，就能马上而且深切地明白这一点。

据说伟大的城市已经不可能在现代建成了，因为不具备必要的基金，勒·柯布西耶听腻了这种老生常谈，于是辛辣地反问道：“难道是我们的建筑方法不具备？路易十四时代使用鹤嘴锄和铁锨都做到了……奥斯曼时代的装备也同样简陋；铁锨、鹤嘴锄、四轮马车、独轮手推车，前机械时代每个种族使用的最简单的工具。”我们的起重机、挖掘机、能快速干燥的水泥和焊接机使我们失去了任何借口，只能归咎于我们自己的无能。

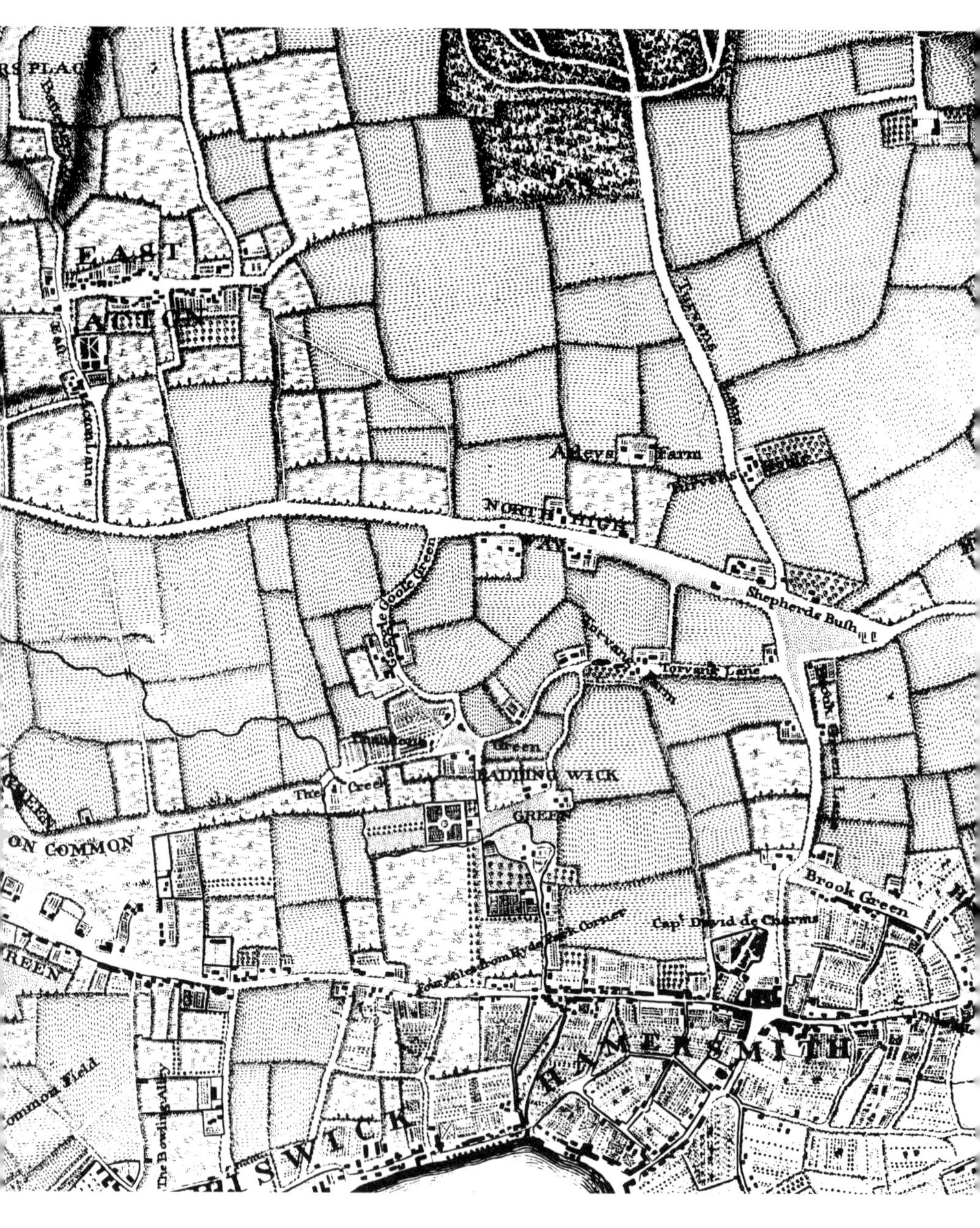

谢泼德丛林区的承诺：

约翰·罗克，《伦敦与乡村十英里方圆略图》，1946

5

如果问一个房地产开发公司那块注定受到摧毁的土地上要造什么样的房子，你就会获赠一本印制精美的市场推广小册子，展示出五种不同的房型，每一种还都以一个英国君王命名。伊丽莎白二世夸耀其铬合金的门把手和一个不锈钢的烤箱；乔治五世有一个用玻璃纤维作房梁的餐厅和一个“新艺术与工艺”风格的屋顶；而亨利八世则不可避免地忠于新都铎式风格。

如果我们把这本雅致的推介材料翻了个遍之后，仍然对这些建筑的外观有所疑问，这位地产开发商就差不多肯定会援引熟极而流而且显然战无不胜的论点予以报复了：这样的房子一直以来都卖得飞快而且销量巨大。我们将得到严厉的提醒，嘲笑他们的设计就等同于忽视商业逻辑并试图否定他人拥有属于自己的趣味的民主权利，那么我们也就等于是跟我们文明的两个最具权威性的概念——金钱和自由对着干了。

不过这样的辩称也不是没有漏洞。其中的可商榷之处在我飞往日本，在前往豪斯登堡和传统日式旅店的途中渐渐清晰起来。我因为被嵌在一个靠窗的位置，没办法睡觉，窗外的北极圈又闪烁着一种明亮的绿色，所以只得转而阅读一本由美国日本文学专家唐纳德·基恩写的书：《日本文学的乐趣》(1988)。

基恩论述道，日本人对美的感觉历来与西方人南辕北辙：他们喜爱不规则胜于对称，喜爱无常胜于永恒，简单胜于华丽。而且究其原因，跟气候或遗传毫无关系，基恩补充道，完全是一直以来参与形成这个民族美学观的作家、画家以及理论家实际行动的结果。

这可是与我们各自天生就秉承相应的美学观这样的浪漫主义观念完全相反，看来我们的视觉和情感功能实际上不断地需要外界的导引，以帮助它们决定它们应该注意什么、欣赏什么。“文化”这个词儿是用来称呼帮助我们确定在众多感受中我们该选择、珍视哪些感受的那种力量的。

在日本中古时期，诗人和禅宗僧侣引导日本人去关注的那些世界的层面，极少成为西方公众关注的对象，对此他们要么完全忽略要么只是偶然才会注意到：樱花、变形的陶器、倾斜的砾石路、青苔、雨打树叶、秋日晴空、屋瓦和天然的木质。于是专门出现了一个词：“闲寂”，西方语言中没有与之直接对应的词汇，它界定的是一种谦逊、简单、未加润饰以及短暂易逝的事物所具有的美。独自一人在林间茅屋中听一夜雨声是享受“闲寂”。在不成套的旧陶器中，在普通的水桶中，在有污迹的墙上，在饱经风霜生有青苔和地衣的粗糙石头上，都有这种“闲寂”之美。而最“闲寂”的颜色当属灰、黑和褐色。

有意识地浸淫于日本美学中，养成一种对其特殊气氛的同情，这样一来如果某天在一个陶器博物馆里碰上了比如说出自大画家本阿弥光悦之手的传统茶碗，我们就会有所准备了。我们就不至于将这样的展品视作未成型的材质做的什么莫名其妙的玩意儿，而如果没有六百年来对“闲寂”之美沉思默想的传统，我们极有可能会这么想。我们将会学着欣赏一种我们原本视而不见的美。而且，在这个过程中，我们将揭穿那个过分简单化了的观念，这一观念又被那些人造大厦的承办商进一步强化，即一个人眼下认为什么是美的，也就等于划定了他或她终生喜爱的所有事物的范围。

1900 年，日本小说家夏目漱石曾旅居英伦，他有些吃惊地注意到他认为美的东西却绝少能打动当地人：“我曾因为邀某人赏雪受到嘲笑。另一回我描述了一番日本人的情感受月亮的影响有多深，而听者只感觉莫名其妙……我受邀去苏格兰，住在一幢宏丽的宅邸中。有一天，主人和我到花园里散步，我注意到林木之间的那些小径都厚厚地生了层青苔。我有意恭维一下，就说这些小

从我们此前视而不见的事物中看出美来：
本阿弥光悦（1558—1637），茶碗

径看来多么沧桑华美。而我的主人却回说他正打算找个园丁把这些青苔全都铲干净。”

自然，西方人偶尔也会觉得粗糙的陶器很美，或是喜欢青苔的蔓生。不过生在一种推崇帕拉弟奥式别墅和代尔夫特精陶的文化中，你却很难为这类的趣味摇旗呐喊。当我们试图赞美某种我们缺乏合适的词汇予以描述的现象时，经常被嘲笑得哑口无言。我们会赶在别人之前先自我审查一番。我们甚至都可能没注意到我们已然扼杀了我们自己的好奇，正如在找到乐于倾听的听众之前我们都忘了自己还有话要说。

尽管我们会嘲笑那些为了赢得尊敬而谎称热爱某种美学趣味的人，可是相反的倾向却更加要不得，即为了不显得与众不同而压制我们真实的激情。比如，我们可能会对我们热爱水仙花这件事守口如瓶，直到在华兹华斯的诗中读到对水仙花的赞美，或者压抑我们对庄严、具有仪式化之美的雪景的喜爱，直到这种行为的价值得到夏目漱石的肯定。

是书籍、诗歌和绘画经常赋予我们信心，从我们自身汲取严肃的情感，否则我们可能永远都不会正视这些情感。当奥斯卡·王尔德以嘲弄的口气说，在惠斯勒开始描摹泰晤士河前伦敦根本就没有雾时，他指的正是这一现象。同理，在日本僧侣和诗人开始书写破石块之美前，这些石块想必也没有什么美丽可言。

那位地产开发商对于既存趣味的自发性辩辞从根本上讲，即否认人类有爱上他们此前未予注意的事物的可能。可是即便它在玩弄自由的话语时，这一断语也压制了这样一个事实：要想做出正确的选择，你也必须知道都有什么可选的。

我们下次在考虑选择住宅区时应该记取苔园与粗制陶器的教训。我们应该自由地去想象，只要新的风格摆在面前，只要我们的词汇表中增添了新的词汇，就能由此引出多少新型的趣味。一系列迄今为止一直忽略了的材料和样式将展现出它们的品质，而且既定的现状再也无法将自己装扮为事物的天性和永恒秩序的体现了。

在正确地认识了建筑真正的范围之后，原本想购买一幢红砖新都铎式住宅的买主可能会超越他们原本的打算。有几位甚至可能会出乎他们本人预料地对天然粗糙的“闲寂”风格的水泥匣子产生兴趣，通过一番美学教育历程后，他们已然学会了欣赏它们的美德，培养出一种全新的趣味。

6

为避免我们因想当然地认为要造成一种真正的趣味革命需要具备太多条件而陷于绝望，我们可以提醒自己先前已经完成的那些美学革命借用的手段是何其普通。

少数几幢建筑和一本书通常就能提供足够他者仿效的榜样。尼采观察到，被誉为伟大的“意大利文艺复兴”的发动和展开实际上只不过是大约百余人的努力造就的，而我们在想象中会认为

学习欣赏天然混凝土的粗糙魅力：
马尔特-马尔特建筑事务所，住宅，沃拉尔贝格，1999

不定有多少人在其中扮演过角色呢。而与之相关的被教科书称为“古典主义再生”的革新，其赖以成功的推动者则更少：只有一幢建筑，即布鲁内莱斯基的佛罗伦萨育婴院，外加一篇论著，即莱昂·巴蒂斯塔·阿尔贝蒂的《建筑十书》(1452)，就足以将一种全新的感受力推广到全世界。仅靠一卷书，即科伦·坎贝尔的《大不列颠的维特鲁威》(1715)，帕拉弟奥风格就已经在英伦大地上遍地开花，而勒·柯布西耶《走向新建筑》(1923)那薄薄两百页的一本书就决定了二十世纪的大多数建筑环境。某些特定建筑——施罗德宅，法恩斯沃斯宅，加利福尼亚个案研究所——所具有的影响绝对无法以其自身的规模或造价计。

在所有这些构造学的变迁中，那些最初推动者所具有的坚忍不拔的重要性丝毫不亚于他们的聪明才智。伟大的建筑革新家绝对是集艺术与实际于一身的综合体。他们懂得如何描绘与思考，也知道如何哄骗、迷惑、威吓以及跟他们的客户和政客玩漫长、耐心、审慎的游戏。因为专制主义的时代已经结束（勒·柯布西耶并非头一个满怀遗憾注意到这一点的建筑师），我们无法再像路易十四那样，只需挥挥手，建筑就会像小孩子玩的积木那样听从指挥。

在一个更加集体、民主的时代，建筑师必得逼着自己成为委员会会议的艺术家，成为像查尔斯·霍尔顿那样的人物，他（跟弗兰克·佩克一道）设法劝说本能地反对严肃建筑的英国政府为他们设计的几个伦敦城郊地铁线路的车站杰作开了方便之门。正如勒·柯布西耶精明地指出的："我们必须牢记，城市的命运是由市政厅决定的。"

7

对建筑提出的最严厉的控诉莫过于我们在推土机到达时所感受到的悲哀了，因为相对于痛恨开发这个概念本身，我们的悲哀更多地因我们对将要建成的建筑的嫌恶而起。

当一帮帮建筑工人抵达并划出巴思的新月大厦或爱丁堡的新城轮廓时，当他们披荆斩棘开出路来并将测量绳钉入地下时，恐怕没有人会为迫近的破坏流下泪来。虽说在将变为住宅区街道的地方总会夷平几株古老高贵的大树，虽说斧锯和锹铲难免会毁掉狐狸的洞穴和知更鸟的鸟巢，为之难过的也不过是这些原有的住户，而且转瞬即逝，因为将在它们的地盘上实现的规划将远胜过这点损失。取代雏菊地的圣詹姆斯广场绝对不辱使命，卡尔顿山所具有的美也绝非一棵大树敢与争锋，而皇家新月大厦所具有的安详也没有一条小溪可与媲美。正如威廉·莫里斯指出的，如果我们在威尼斯建城的初期就住在那儿，眼看着泻湖的沼泽——这种黏糊糊的泥沼如今在威尼斯的边界仍能看到——被变为街道和运河，"当一个个小岛在上面建成时，我们本该感到不满的，可是却没有。"莫里斯还想，当我们眼看着"牛津从早期的奥森尼向北扩展……看着那些伟大的学院和尊贵的教堂年复一年被牛津河畔

专制主义对建筑的好处：

R. 博纳尔创作的版画：路易十四在 1672 年下令修建荣军院的建筑，

勒·柯布西耶在《明日之城及其规划》中复制，1925：“他可以说，‘我们希望这样。’或‘我们乐于这样。’”

越来越多的绿草和鲜花所环抱”时，我们应该也不会过于感伤。

我们对脚下的土地负有义务，我们建造的房屋决不能劣于它们所取代的那片处女地。我们对小虫子和树木负有义务，我们用以覆盖了它们的建筑一定要成为最高等而且最睿智的种种幸福的许诺。

“当一个个小岛在上面建成时，我们本该感到不满的，可是却没有”：
环威尼斯的泻湖

乔凡尼与巴尔托洛梅奥·博昂，卡多洛金屋艺术馆，威尼斯，1430

幸福与建筑：德波顿访谈录

确证一下：你大学读的专业是哲学吗？我知道你上的是剑桥。

我的专业是政治思想史。然后又读了个哲学的硕士。

可不可以说建筑装饰是你的爱好之一？很想多了解一些你跟建筑装饰的关系。

我在瑞士长大，瑞士的现代建筑有非常了不起的传统。一个世纪以来全世界很多最优秀的建筑师都来自瑞士，这也直接反映在瑞士国内大量的民用住宅上。这不仅仅因为瑞士是个富国，同样重要的是它接受的是现代主义的建筑哲学，它希望为每个人建造优良的普通住宅：一个真正意义上的民主工程。我记得刚刚搬来英国时，真是被英国的建筑吓了一跳。这个国家迷恋一切看起来古旧的东西，就连新东西也都故意做旧——冒牌的模仿拼凑之作随处可见。建筑的标准也很糟糕。也正是从那时候起，我第一次认真地开始考虑建筑问题。我想弄清楚不同的场所是如何能影响到你的情绪的：一幢瑞士的房子能让你有这种感受，一幢英国的房子又让你有截然不同的感受。你身处教堂的时候会不自觉陷入沉思、宁心静气，而在大超市里，你又会眼花缭乱、心浮气躁。整个一天下来，当你想认真地思考那些重大的人生课题时，总免不了要跟建筑不期而遇——因为我们住在什么样的房子里，会在很大程度上决定我们相信什么，我们感觉如何。

我的著作一直都在探讨，在日常生活中到底是什么决定了我们的幸与不幸。所以我已经探讨过了爱情、旅行、社会身份等问题，都隐然是从哲学的角度讨论的。有时候我也想到，我们周围的建筑实际上对我们的所思所想具有重大的影响。要是我们住在威尼斯而不是底特律，那我们感到幸福的概率就会大为提升。我的这本书想探讨这样一个问题：我们应该建造什么样的建筑？而这个问题对于那个更大的问题来说只是一个小小的侧面，即：我们怎么才能感到幸福？如果你沿着城市的街道溜达的时候，抬头看到一幢丑陋的混凝土建筑时曾忍不住惊异："他们为什么要造这么个玩意儿出来？！"这本书就正是为你而写的。

你是怎么想到要写这本书的，是突发奇想，还是受到购房或是建房的实际经验触发？

我大部分的作品都起因于尖锐的幸或不幸的经验。这本新书的触发点应该说是两者兼有：我们这个世界上有些城市和建筑具有令人难以置信的惊人之美，它们能整个改变我们看待事物的方式，我为此而深深震撼——而与此同时，我们日常不得不置身于其间的大部分场所却经常会令我们精神沮丧。我于是想考察一下到底为什么有些建筑如此美妙动人，而大部分建筑则如此叫人失望。当我正式开始探讨这个问题时，我有几位建筑师朋友提醒我说，“你不能将‘美’当作一个客观的事物来讨论，美与不美完全是因人而异的，所谓萝卜白菜各有所爱。”可是我一心想做的是搞懂建筑的真正意义，面对这样的挑战，这种态度我实在是不敢苟同。人的趣味虽说千差万别，可终归还是有共识和规律可循的。就以旅游业为例吧：大部分人还是认同威尼斯、旧金山和阿姆斯特丹是旅游的好去处，恐怕极少有人愿意专程去法兰克福或底特律度假吧。我们时不时会听到这样的观点，认为太注重建筑和室内装潢是种相当肤浅的表现，我不这么认为，我觉得这是使我们能够获得幸福的一个不可或缺的环节。

读完这本书后，我觉得现在再跑到朋友家里去，都多少会有种窥探人家隐私的感觉，觉得从他们的家具摆设当中就像是能看到他们一心想遮掩、隐藏的最深层、最黑暗的自我。如今在我看来，我所有那些将自己家里摆设得富丽堂皇的朋友，他们没准儿正是心里最没底、最不自信的主儿，而那些家里一片混乱的朋友，也许正希望自己对人生的态度能更加从容些呢。事实上，我如今也认识到，我自己对清洁、秩序和白色的迷恋其实也并非因为我是个极简主义者，其实我真正需要的是正儿八经的治疗。你的朋友在读过这本书后，还敢再请你去他们家吗？

我记得我有位朋友曾对我说起过，她在看过她未来男朋友住的公寓的装修以后就把他给甩了。这貌似轻率、鲁莽到了极点，可事实上，我们也许有充分的理由对人们视觉方面的趣味给予足够的重视。毕竟，我们对“美”的趣味就跟我们的言谈举止一样能泄露我们的性格。

就我们各自的趣味而言，我觉得非常有趣的是，大家受到吸引的恰恰是那些能抵偿他们性格中那些“缺失”或是“不均衡”部分的装饰风格。所以，如果一个人非常喜欢极简主义风格，那恰恰说明此君的内心世界并不那么绝对平和、理性和井井有条（否则怎么会受到这种风格如此大的吸引……）。他们很有可能正深受内心烦乱不堪之苦呢。我们都期望视觉风格能对我们内心的缺失有所补偿。

如果不介意的话，能否描述一下你的家是什么样子的？不是想窥测你的隐私，是想让读者对你个人的生活环境有个感性的认识。

对于装饰风格的个人趣味，可以让你在很大程度上窥见此人在生活中感觉有什么样的缺失。比如，我把伦敦的家布置得非常安静，接近纯白。大家可能会误以为我是个很单纯很悠闲的人。其实大谬不然。正是因为我既不单纯又不悠闲，我才会深受这种装饰风格的吸引。再比如，如今很多人都想住到乡间农舍里去。可最想这么做的肯定都不是农民，都是些整天忙得昏天黑地、被现代科技压迫得喘不过气来的城里人，只有他们才渴望返朴归真，享受点乡间野趣。所以我们可以这么说：你的室内装修风格反映的就是你内心深处的向往。而我向往的就是平和……

你住在伦敦的哪个地段？你还有其他住宅吗？如果有，它们是什么样子的？

我惟一的家位于伦敦西区，离“谢泼德丛林”不远。伦敦人大都爱国得很，总喜欢说伦敦是世界上最有活力、最让人兴奋的城市。我并不是不同意这种论调，可明眼人只要在我居住的那个区域内四处溜达一下，就不得不承认，从建筑的角度来看这里有很多东西都乏善可陈，有些还错得实在离谱。事实上，伦敦的大部分郊区都完全是场灾难，都该彻底夷平，重新建一些更有吸引力的建筑。所以，触动我写这本书的部分原因，也正在于我眼前就有不少低劣建筑的样本，让我觉得很不舒服。深受某种东西的困扰可是一种写作的巨大动力……

你童年时期在瑞士的家是个什么样子？

我童年时期在苏黎世的家可以说是瑞士20世纪60年代的现代设计的一个典型的样本。房子用混凝土建造，有个再简单不过的平顶，有巨大的窗户。建筑质量很高，又没有明显的奢华和炫耀的感觉。那就是我完美的家。在英国，一提到“混凝土”就不啻是敲响了一记警钟，可瑞士人却是成功采用混凝土的先驱，早就将其视作一种高尚的室内建筑材料了。

苏黎世是个审慎的城市，传统上就是清教主义严厉作风的一个中心。那种审慎、务实的态度也在一定程度上体现在我家的建筑当中：简朴、稳固并具有一种几乎像是军营的秩序感——可那仍旧是家，同时具有这个词汇所暗含的所有的舒适和甜美。

整幢房子里洋溢着一种舒适、安稳的气息。一尘不染，雪白的墙壁，米色的地毯。我记得房间里非常通风，一点都不压抑，就像是最好的那种医院。我父母很讨厌旧式的家具和设备，印花窗帘和镜框里的家人照片在他们眼里不啻是一种最恶劣的美学罪行。不过，在这种基本的美学趣味之上，他们也尽力创造出一种真正的家的感觉。当朋友们说到现代建筑大多并非抚养孩子的理想环境，旧式的装饰风格才能带来舒适感时，我只能以我自己的实例进行反驳。

水泥墙对我而言，就像普鲁斯特那著名的玛德琳点心一样，能一下子在我心里唤醒我的童年。

我的卧室在一楼，有个巨大的窗户。窗外是草坪和大树。我整个童年一直乐此不疲地玩乐高积木，我最喜欢在一块绿色毯子上搭起整个城市——并梦想着当个建筑师。

可是在我 8 岁，父母将我送到英国的一所寄宿学校后，我田园牧歌般的童年就被突然而又彻底地打断了。学校是一组严峻的维多利亚时代的建筑群，在北牛津，我记得我把所有的憎恨全都集中在学校的建筑上了。我想家想得厉害，渴望着重回我那个瑞士的水泥地堡。我有时也会路过牛津郊区的一些现代风格的房屋，我就一心希望我就读的学校能迁到这里面去。我思念那舒适的水泥墙。我简直不能相信英国的房屋看起来竟然这么老旧，而且造得又是如此粗劣。哥特式建筑让我觉得毛骨悚然，不瞒你说，一直到现在仍旧如此。历史性的建筑非但不能让我感觉跟我的根源产生联系，实际上我反而觉得那是对历史根源的背叛。

我的家由原来的水泥匣子变成了始建于1892年的标准的维多利亚晚期的联排式房屋。墙壁摇摇晃晃，地板吱吱嘎嘎，窗户四面漏风——我是真不喜欢这个地方。更糟糕的是我不得不放弃任何成为建筑师的希望了。我跟所有的小男孩一样，直到此时才认识到，乐高积木带来的乐趣——同时也就是那种能完全依据自己的想象不费吹灰之力就能建造出漂亮房屋的创造性自由，跟成人世界里那种循规蹈矩、艰辛费力的建筑过程实在是风马牛不相及也。

你是没办法把砖头卸在你起居室的地板上，一两个小时之内就盖起一整排房屋来的。可我一直都一心怀念着我童年的家，念念不忘它坚实的地板和简单的现代设计。每次回到瑞士或是现代设计已被普遍接受的国家——大部分是北欧诸国——我都会心花怒放。每当我想起童年，还有跟童年联系在一起的所有那些温暖的回忆，我想到的都决不是一个旧式的家：我梦想的都一直是一个现代设计的四四方方的水泥匣子，我却一直都可望而不可即。

我们当中的很多人在设计和建造房屋时也许正是在努力想重返我们童年时代的家。我们生平第一个避难所的装潢和设计对于我们都有不可磨灭的影响。或许得一直等到在舒适的现代装饰家居环境下度过童年时光的这整整一代人都成长起来，然后想在自己的家里重新找回童年的感觉的时候，我们对建筑的趣味才会真正开始改变。

我的梦想就是雇一位瑞士建筑师在伦敦给我造一个水泥匣子，在英国的土地上树起我童年时期的那个地堡。

你在本书中试图表达什么样的观点？最重要的旨趣何在？

这本书真正讨论的是“美”的问题。美对于我们情绪和心态的转变具有重大影响。当我们称赞一把椅子或是一幢房子“美”时，我们其实是在说我们喜欢由它彰显出来的那种生活方式。它具有一种吸引我们的“性情”：如果它摇身一变成为一个人的话，正是个我们喜欢的人。假如我们不论身处何处，是廉价的汽车旅馆还是堂皇的宫殿，都能保持类似情绪的话，事情也就好办了（想想如果我们不再需要重新装修我们的住房的话该省下多少钱），可不幸的是我们极易受到从我们周遭环境中散发出来的那些电码般的隐含信息的影响。这也就能解释我们为什么对建筑和家庭装潢会如此热中了：这些东西能帮我们确定我们是何许人也。

当然，单靠建筑并不总能让我们感到心满意足。就算是处在田园牧歌般的环境当中你也难免会心生不满。我们可以这样说：建筑会向我们暗示出一种情绪和心境，而如果我们过于心焦气躁，那对我们是枉然，不会起到什么作用。建筑对我们的影响可以跟天气相比：阳光明媚的好天气绝对能改变我们的心境和情绪——为了能搬到一个阳光充足的气候带居住，宁愿做出重大牺牲的大有人在。可是如果你正麻烦多多（比如正深受爱情或职业问题的困扰），那么不论天多么蓝，建筑多么伟大，都无法使你展颜一笑。也正因此，你很难将建筑提升为一个需优先考虑的政治问题：它丝毫不具备清洁的饮用水或安全的食品供应那种斩钉截铁的优势地位。不过它仍然至关重要。

现在大家都不惜工本大搞装修，从心理的角度，你对大家有什么建议——如何才能创造出一个幸福的家？我们应该注意些什么？你曾说过："……建筑师力图创造意趣相投的环境的失败，正反映出我们在我们生活的其他领域发现幸福的无能为力。坏的建筑归根结底不但是设计的失败，亦是心理的失败。"我们可以将这一思想应用至我们的室内装修吗？我不禁想到本书对"自知之明"的讨论，装饰一所房子也是一种"自知之明"的实践吗？

如果我们真心觉得一幢房子是"美"的，说明这幢房子最终成功地体现了你最为关切的所有那些东西。到了这里你才觉得是真正"到家"了，也就意味着，这个环境帮你把你最好的一面展现了出来。当然也不能一概而论，而且不同的人有不同的情况，不过在我看来，这就是隐含在所有的建筑和设计背后那潜在的雄心。

我也并不觉得为了一个沙发或是个盘子争执不休是浪费时间。因为一个特别的沙发能向我们暗示出一整套生活方式和生存态度，两个人在家具店里的争执真正体现出来的是这两个人价值观的不同：他们在内心深处究竟觉得什么才是有价值、有意义的。面对一个由类似 B&B ltalia 这样的现代意大利设计公司出品的棱角分明的铁脚沙发，一个男人会说，"我真喜欢这个沙发"，其实真正吸引他的是这个沙发暗示给他的诸如秩序、逻辑和理性这样的品质。而他妻子也许正因为不喜欢她丈夫身上由这个沙发体现出来的这些素质而跟他大吵一架——她或许喜欢在他们的婚姻当中倾注平和、甜蜜和浪漫主义的美德，而这些美德她都是从一个跟铁脚沙发构成鲜明对比的18世纪风格的躺椅中咂摸出来的。因此，家具店的这种斗争就完全是合乎逻辑的：绝对不是什么鸡毛蒜皮，而是关系重大。就算仅仅因为某个人对沙发的趣味就跟这个人分道扬镳，或者因为他对杯子的趣味就跟定了他，我们也丝毫不必觉得难为情。

大型的公共建筑是它们那个时代和潮流的产物，你认为它们到底传达出它们那个时代和社会的哪些方面？

最好的公共建筑都力图反映出一个社会的理想：那个社会自认为它最优秀的那一面。比如古希腊所有那些辉煌的建筑：它们反映的是一个庄严、神秘而又高贵的世界。古希腊人自然也跟我们一样鱼龙混杂，不过他们希望他们的公共建筑能反映出他们身上那些最优秀的品质。优秀的使馆、市政厅和学校建筑也能激励我们去追求我们的社会和我们身上那些最优秀的品质。

在本书中你曾提到："一些全世界最聪明的人士对于装潢和设计毫无兴趣。"既然如此，你为什么还觉得我们的环境对于我们的幸福指数至关重要呢？

我们的教育体系很少培养我们对于生活中视觉方面的兴趣。文学对于我们的影响都远远大于其他任何一种艺术。也许我们也曾在老师的带领下去过一两次博物馆，不过基本上说来，我们极少受到任何关于建筑或设计的培养教育。这实在有些匪夷所思，因为建筑和设计在日常生活中时刻都围绕在我们周遭，对我们的心理状况有着最为重大的影响作用。

我还认为我们周遭仍然有很多的清教徒——不是宗教上，而是艺术上的清教徒。所谓清教思想，就是认为你周围的一切对你来说都毫无意义，不管你周围有什么，长什么样，甚至有什么趣味——真正重要的是“你内心的真理”。除此之外，其余的一切都是无关紧要的。我想，慢慢地，大家会逐渐认识到，关注你周围环境的质量并非是无关紧要的，而是非常重要的。我想用不了多久，大家就能达成共识，这种认为视觉的东西是轻浮的、无关紧要的清教式观念实在是种毫无必要的严厉姿态。

你认为，对于那些不受或者说比较少受到建筑影响的人来说，他们有可能因为意识到这会是他们生活中的一种缺失而有意识地开始关注建筑吗？或者这就像期待那些不喜欢阅读的人去学会享受文学的乐趣一样徒劳？

我很希望我的书能帮助大家睁开眼睛，看到建筑之美，对它产生兴趣。从这个意义上说来，我所有的作品都一直具有这种微妙的教育意义。

在本书中你谈到不同时代的建筑以及对于建筑的不同看法。说到装饰风格，你如何评价当今的“混搭”风潮？这种风潮反映出当今的何种面貌？我们是更加胸襟开阔了，是全球化了，还是只不过是犯傻？我记得你举过埃赫施塔特新闻学院的例子，盛赞它将新与旧完美地糅合为一体。

如果分析一下当今流行的风尚，你会发现它们能告诉我们很多有关我们社会的状况。在我看来，如今有两种风格大行其道：极简风和乡村风。这两种风潮都跟我们现今社会缺失的东西息息相关：一方面是平和，是宁静，另一方面则是跟自然的接触。为什么有那么多人喜欢老式的东西？这并不表示我们当真都是农民，都喜欢朝后看。不如说我们是对于田园牧歌的过去生出了乡愁，我们在怀旧，而之所以如此，恰恰是因为我们如今距离田园和乡村的生活实在是太遥远了。我们一心想从我们已经感到餍足的生活方式中摆脱出来：科技、水泥和高科技。很多人痛恨现代建筑的真正原因在于，它无法帮助他们重新获得精神上的平衡。它提供给他们的无非是更多他们早已感到餍足的东西。

你在书中写道，席勒曾论到古希腊人极少感到在他们的艺术中赞美自然世界的需要，可是“当自然开始逐渐从人类生活的直接经验中消失……我们就看到它作为一种理想在诗歌的世界中出现”。那么你怎么看现今太阳能或者“自然房屋”的兴起？

我们现在一切都强调“绿色”，正说明我们现在距离“绿色”

已经何其遥远。我们只有在把这个地球糟蹋得差不多了的时候，我们才开始变得对森林如此地依依难舍。我的意思并不是说我们不该依依不舍——而是我觉得我们也应该认识到我们对于乡村和自然的兴趣，不论是太阳能还是别的什么名目，从根本上说都源自我们这个科技至上的背景。

你到访过巴西吗？你曾提到奥斯卡·尼迈耶在米纳斯吉拉斯的潘普拉设计的建筑。

我在书中虽然多次提到巴西的建筑，不过我还没去过。对于任何一个写建筑专书的作者而言，巴西的建筑历史都是一个绕不过去的话题。巴西的建筑师一直以来都要克服一些重要的难题：如何在一个气候条件如此不同的国度，采用现代技术创造出与众不同的地域建筑风格。我认为从总体上说，这些建筑师的尝试取得了很大的成功。奥斯卡·尼迈耶就是位国际水准的建筑大师。

依照东方和西方的美学观，什么样的花瓶才称得上完美？

不论是依照东方还是西方的哲学观，一个完美的花瓶都应该是一件能最精确地反映出一种对美好生活的理解的物品。在西方，我们看重的是完美无瑕和精妙复杂，所以最受到推崇的陶器作品应该具有毫无瑕疵的釉面和精巧繁复的设计。而在日本，其宗教和哲学经常强调的却都是粗糙、朴素的生活态度，所以他们很多最受珍视的陶器作品看起来都很家常，都很不完美，就像你在工艺市场上看到的一些卖品一样。对于不同美学观的比较最终都会衍变为对不同人生观的比较。我们的品味之所以有所不同，归根结底是因为我们有不同的人生观。

依照现在大家追逐的时尚，你能否预测一下下一波建筑/室内装潢的风潮应该是什么？

几乎在整个20世纪当中，建筑师都对阴柔避之惟恐不及，所以有那么多建筑都极端刻板，一味追求所谓的阳刚。很多建筑师采用光秃秃的混凝土，并且丝毫不加以装饰，几乎跟以往所有文化当中的建筑都形成鲜明的对比。我想，不久的将来我们将会看到建筑和装饰风潮对于某些价值的回归：我们将重拾优美、精致和柔和这样的审美标准。毕竟，这些品质都是我们在我们的生活中梦寐以求的——那我们何不将其贯彻、体现在我们的建筑当中呢？

我一直都觉得在人们的时尚趣味和艺术/建筑趣味之间应该有一种直接的关系，可是在读过你的这本书之后，我又觉得它们竟然是截然相反的。我们通过时尚要表达的是我们本来的面目，不过是种为时短暂的方式。我们每天都可以打扮成某个角色，然后在晚上就彻底推翻，就像抛弃我们个性当中的某个侧面或是某种投射。可我们的家相比而言则更靠近我们的内核，感觉就像是我们的灵魂，我们必须得日复一日地跟它相生相伴。对此你是怎么认为的？如果要你写一本"衣着的幸福"，你觉得你会怎么写？

建筑师对时尚的态度非常势利。他们痛恨他们的设计有朝一日会变得落伍的想法，他们想让他们的建筑千秋万代与日月同辉。可是，不论是建筑还是时尚，都真正是表达我们自我的途径。最后，你如果不得不住在一幢你觉得并非是“你的”房子里，那感觉会像你不得不穿上一身并不能反映你内在愿望的衣服一样痛苦。两者主要的区别当然在于在现代社会里，衣服越来越便宜了，而建筑却仍旧贵得离谱。由此造成的结果是你想在建筑当中表达自我的可能性受到了限制，然而在一个理想的世界中，我们会像打扮我们自己一样来打扮我们的住房。也许我们不能像更换衣服那样频繁地更换住房，不过话又说回来了，有很多人也不像设计师期望的那样紧跟时尚。

什么能使你感到幸福？

两样东西：美丽的物品和地方。还有人们之间相互理解时的那些瞬间。也许这两样东西本来就是相互关联的。我们之所以说某样物品是“美”的，归根结底是因为它反映出我们心底埋藏最深的价值和趣味。它就像是我们的一个朋友。我们能感觉到被我们的环境所理解，就如同我们能感觉到两个人之间心心相印。不管在什么情况下，能使我们感到幸福的就是这样相互关联、心心相印的感觉。

你心仪的建筑师有哪几位？

我是瑞士建筑师赫尔佐克与德·默隆的忠实“粉丝”，他们的设计成功地将理性、阳刚与极端的感性和阴柔糅为一体。我也很喜欢荷兰建筑师威尔·阿列茨和另一位伟大的瑞士建筑师彼得·祖姆托。

你在选择一个沙发、一张桌子或是一个窗框时是出于本能的一眼认定，还是深思熟虑后再选定？

人们视觉方面的趣味最重要也是最痛苦的方面就在于：它是出于本能，不由分说一下子就表现出来的。我们无须经过思考，就知道什么是“对的”。这就像是爱情。确实是倾向于“一见钟情”的——想要劝说某个人喜欢什么东西从来都是徒劳无功的。

你在为写作此书做准备的过程中，对你最有影响的书有哪些？

我非常喜欢贡布里希的《艺术与错觉》，这是我读过的最好的一本艺术心理学著作。我还翻阅了不计其数的建筑类杂志，发现很难说这类杂志最好的是哪几种，不过日本有一本很棒的杂志，叫《A+U》。

你更喜欢写虚构还是非虚构类作品？

我最喜欢写那种随笔式的、第一人称、天马行空、旅行见闻录式的非虚构作品。我喜欢完全用我自己的声音来讲述，尽可能地贴近真实的自我。我喜欢有时来点分析，有时又来点“描绘”——我会耐心地将世界的一个侧面或是一种经验细细描绘出来。

这本书花了多长时间写成？

整整两年时间。写作这件事急不得，而且人又总是想偷懒。

接下来的写作计划？

我正在写一本有关工作的书：我们为什么要工作，工作的乐趣——如果有乐趣的话——何在？借机我可以一窥各种工作场所的真相：从后勤仓库到农场一直到飞机装配厂。

如果让你来规划设计一座城市，你优先考虑的将会是什么？

我会很高兴来规划设计一座城市——或是一幢房子（我私下里希望写了这么本书后会让我得到这样一个邀请呢）。建造一座城市的话，我最关切的是要让“普通的街道”具备一种吸引人的共同标准。美丽的城市，比如说巴黎，都具有一种很好的普通街道的模式：这种风格不断地重复下去。我们大都执著于想使所有的建筑全都具有独创性，可事实上，最漂亮的城市反而是对一种基本模式的不断重复。我还会确保这个城市适于行人徒步穿行，我会采用跟主要的大街配套的边街小巷的规划设计，就像那些古老的城市。我希望建筑都能将人“包容”于其间，让里面的人感觉安心，不希望将房子建在纵横交错的高速公路旁边。我还会留心为这个城市修建几个漂亮的广场、公共绿地等，大家可以有个聚会的场所，民主的市民生活也在这些地方得以体现。我理想中的城市将会博采众长，注意借鉴世界上那些伟大城市最好的方方面面。

致谢

作者和出版社对善意地为此书提供图片资料的机构和个人表示感谢。我们尽力联系了所有版权持有人，但如果仍有任何错误或遗漏，作者和出版社愿意在此书以后的任何版本中加入适当的感谢辞。

图片提供

All Le Corbusier drawings and photographs on the following pages are © FLC/ADAGP, Paris, and DACS, London 2006. **pp.9, 55, 56, 57, 59, 60–61, 63r, 64, 66, 165, 240, 242, 243, 244**

p.9 © FLC; **p.14** © Digital Image Mies van der Rohe/Gift of the Arch./MOMA/Scala © DACS, London 2006; **p.19** Balthazar Korab; **p.21** Bayerisches Haupstaatsarchiv; **p.23** Nigel Young/Foster and Partners; **p.24** BPK, Berlin: **p.27** courtesy of Bernhard Leitner from 'The Wittgenstein House' by Bernhard Leitner, Princeton Architectural Press, 2000; **pp.30–31** Philippa Lewis/Edifice; **p.321** A.F. Kersting; **p.32r** Gillian Darley/ Edifice; **p.331** A.F. Kersting; **p.33r** © Crown Copyright/NMR; **pp.35, 36** A.F. Kersting; **p.37** © www.visitrichmond.co.uk; **p.38** A.F. Kersting; **pp.40–41** Stapleton Collection; **p.43t** © Crown Copyright/NMR; **p.44** Irish Architectural Archive; **p.45** © NTPL/Matthew Antrobus; **pp.48–9** Institute of Civil Engineers; **p.50** Cameraphoto Arte, Venice; **pp.52–3** Foto Marburg; **p.54** A.F. Kersting; **p.59** © FLC; **pp.60–61, 63r** © FLC; **p.631** Alain de Botton; **p.64** Daimler Chrysler Classic, Corporate Archives; **p.66** © FLC; **p.69t** Bauhaus Archive; **p.69c** Bridgeman Art Library; **p.69b** Christie's Images; **p.70** Palladium Photodesign, Barbara Burg/Oliver Shuh; **p.711** Margherita Spiluttini; **p.71r** Jean Nouvel; **p.721** Porcelain Museum, Porsgrunn, Telemark; **p.72r** Bridgeman Art Library/ Hermitage Museum; **p.74** Michael Shanly Homes; **p.75** © Nacasa & Partners; **p.77** Bernhard Leitner; **p.79** Henry Moore Foundation; **p.80tl** Tate Gallery © ADAGP, Paris, and

DACS, London 2006; **p.80tr** Jasper Morrison Ltd; **p.80cl** Barford Sculptures © photo John Riddy; **p.80cr** Alain de Botton © DACS, London 2006; **p.80bl** Waddington Galleries/ photo Prudence Cuming Associates © Donald Judd Foundation/Vaga, NY/DACS, London 2006; **p.80br** Roland Halbe/Artur; **p.83** Sotheby's New York © Bowness, Hepworth Estate; **p.84br** Christie's Images; **p.85tl** Gillian Darley/ Edifice; **p.85tr** Hijjas Kasturi; **p.85bl** Kate Gibson; **p.85br** AKG Images; **p.86** Philip de Bay; **p.88bl** Marc Newson/Ideal Standard; **p.88bc** bristan.com; **p.88br** tapshop. co.uk; **p.89b** Christie's Images; **p.91l** Alinari; **p.91r** Foto Marburg; **p.92t** RIBA; **p.92b** Heinrich Heidersberger/ Artur; **p.94r** © Gordon Beal/O & M Ungers; **p.95tl** Martin Charles; **p.95tr** Johner, Photonica/Getty Images; **p.95bl** A.F. Kersting; **p.95br** © Crown Copyright/NMR; **p.99** Philippa Lewis/Edifice; **pp.102–3** James Morris; **p.105** Bernhard Leitner; **p.110l** Alain de Botton; **p.110r** © Jarrold Publishing and Westminster Cathedral, reproduced by permission of the publisher; **p.111** Scala; **p.113** Atelier Michel Jolyot; **p.115t** AKG Images/ Gérard Degeorge; **p.115b** Werner Forman Archive; **p.116** Alain de Botton; **p.120** Agence Ingalill Snitt; **p.122** Scottish National Galleries of Art; **p.124** Fortean Picture Library; **p.125** Lucinda Lambton/Arcaid; **pp.127, 128–9, 130** Cameraphoto Arte, Venezia; **p.133** A.F. Kersting; **p.134** Henning Marks/Edifice; **p.138** Roy.George@Goddess-Athena.org; **p.139** BPK Berlin; **p.141l** Museum of Finnish Architecture; **p.141r** Christian Richter; **p.142** Tony Morrison/ South American Pictures; **p.143** © J. Paul Getty Trust. Used with permission. Julius Shulman Photography Archive, Research Library at the Getty Research Institute; **p.145** Dr Petra-Liebl Osborne; **pp.146–7** John Heseltine; **p.148** Permission of the Trustees of the Wallace Collection; **p.151** Courtauld Institute of Art; **p.156tl** Werner Forman Archive; **p.156tr** © Agnes Martin, courtesy Pace Wildenstein, New York/ Christie's Images; **p.156b** Department of Antiquities, Cyprus; **p.158t** Courtauld Institute of Art; **p.158b** Filip Dujardin; **p.161** Robert Harding Picture Library; **p.162** Aargauer Kunsthaus, Aarau; **p.165t** © FLC; **p.165b** Photo Richard Weston; **p.167l** Lyndon Douglas; **p.167r** P. Kozlowski and T. Cron; **p.169** Margherita Spiluttini; **p.176–7** Jolly Hotel Lotti; **p.179** Österreichische Nationalbibliothek © Master and

Fellows of Trinity College, Cambridge; **p.181t** Fritz von der Schulenburg/Interior Archive; **p.181b** RIBA; **p.184** iStockphoto/Nancy Lou; **p.186** Courtauld Institute of Art; **p.187** Cameraphoto Arte Venezia; **p.188l** David Foreman/ iStockphoto; **p.188c** Interior Archive; **p.188r** Agence Ingalill Snitt; **p.189** Christian Richter; **p.190t** Ivar Hagendoorn; **p.190b** J. Kaman/Travel-Images.com; **pp.192–3** Krier Kohl Archives; **p.194** Klaus Kinold; **p.197** Norman McGrath; **p.198** Margherita Spiluttini; **p.200** Jan Bitter; **p.201** Agence Ingalill Snitt; **p.202** FBM Design; **p.204** Ian Lawson; **p.206l** Domenic Mischol/Andreas Kessler; **p.206r** A.F. Kersting; **p.207l** Alan Delaney/ Hopkins Associates; **p.207r** Santiago Calatrava; **p.208l** Paul Rocheleau; **p.208r** Václav Sedy; **p.209l** Dennis Gilbert/View; **p.209r** A.F. Kersting; **p.210l** Alain de Botton; **p.210r** Musée d'Orsay/Bridgeman Art Library; **p.212** Courtauld Institute of Art; **p.213r** Richard Weston; **p.214** Alain de Botton; **p.216** Courtauld Institute of Art; **p.218l** Janos Kalmar; **p.218r** Pino Guidolotti; **p.220t** Alain de Botton; **p.220b** Huis Ten Bosch Co. Ltd; **p.222** Monkeydave.com; **p.223l** François Jordaan and Kelly Henderson http//japanfjordaan.net/; **p.223r** Ribersute Co. Japan; **p.225** Alain de Botton; **p.226** François Jordaan and Kelly Henderson; **p.227** Alain de Botton; **p.228** Dennis Gilbert/View; **p.230** © Marcel Gautherot/Instituto Moreira Salles Collection; **pp.230–31** David Robson; **pp.232–3** © photo Katsuhisa Kida/Takaharu and Yui Tezuka, Tezuka Architects; **p.237** Shinkenchiku-Sha; **p.238l** Janine Schrijver; **p.238r** Jan Bitter; **p.240** © FLC; **p.251** Bernhard Leitner; **p.252** Duncan P. Walker www.walker1890.co.uk; **pp.256, 258** Guildhall Library, Corporation of London; **p.261l** Fujita Museum of Art; **p.261r** Mitsui Bunko Collection; **p.264** Ignacio Martínez; **pp.268, 269** Cameraphoto Arte Venice

译后记

《幸福的建筑》是英伦才子作家阿兰·德波顿2006年出版的作品。拙译的中文版已经摆在这里，本不必再啰嗦什么，不过在翻译过程中有一种愈来愈强的感受，不吐不快，想跟读者交代一声。这绝非一本《西方建筑 × × 讲》或是《 × × 家居廊》，也不是一本教科书式的西方建筑史，或教你如何欣赏建筑的鉴赏手册，更不是你可以拿来指导你新家装修的实用指南。德波顿的雄心或者说野心绝不止于此。他是个真正意义上的才子和通才，在此之前，他已经用自己的著作打通了诸多领域：爱情、文学、哲学、旅行、人对自己的认识等。经过数年的准备，他终于开讲建筑了，而一旦涉足这一领域，他就想通过自己的博识和深思一举解决这个领域的根本问题，即建筑对人到底有何重要意义，跟人的幸福又有什么相干？枝节的、知识性或技术性的问题只有在解决了这个根本问题之后才能找到自己的合法性、具备自身的重要性，所以他根本不会或者说不屑纠缠于这些问题。因此，他从哲学、美学和心理学的深度来探讨人为什么需要建筑，为什么认为某种建筑是美的，为什么这种对于建筑美的认识会改变；归根结底建筑与人的幸福到底有什么关联。德波顿毫不回避这些最根本最难缠的问题，他以自己的睿智和学识勇敢地一一做出了解答。他探讨建筑问题的角度与做出的解答会整个颠覆你日常接受的那些有关建筑的陈词滥调，会促使你从根本上改变对建筑，进而对人生和幸福的既定态度与追求。

上海译文出版社于2004年4月推出的“德波顿作品系列”囊括了当时这位才子作家的全部作品，并于2004年5月邀请作者访华。当时译者作为陪同之一，在各项活动间隙跟德波顿也有过一些交流。不过英伦才子是真正的英国绅士，“nice”得不得了，事后想想，恐怕他当时的很多话都不过是客气，当不得真的。我曾没话找话问起他以后的写作计划，他说打算写一本有关建筑的书，我于是继续没话找话问他对上海和北京（我们出版社的同事曾带他看过了紫禁城）的建筑做何评价，他回答挺喜欢上海现代化的高楼（他指名要住金茂大厦的君悦酒店），然后话锋一转说他很不喜欢伦敦二战后建的很多廉价丑陋的房屋。如今终于读到他论建筑的书后才明白他当初根本就“不过是客气”，他根本就不喜欢如今这些毫无民族和地域特色的水泥森林。译完全书后我还曾心生一点小遗憾：他怎么在书中对中国之行中看到的中国建筑不置一词呢？再一想，他一是行程太过匆忙，来不及细细考量周遭的建筑细节，再则，显见的也是他对如今的中国建筑（起码是）不太满意吧。跟我客气一句没什么，像“立言”这样的大事哪能随便敷衍？而且，德波顿特意为中译本写了序言，也算正式有了个交代。不过话又说回来了，有心的读者在读过他这本建筑专论后，自然会大为提高自己对建筑的鉴别品位，自然会对周遭的建筑和环境做出自己的判断，这倒是这本并不以“实用”为目的的著作自然而然的实用副产品了。

才子文章渊而且博，旁征博引，体大思精，多的是优雅严密的英文长句，中文的翻译是否妥帖尚祈读书界方家批评指正。

冯　涛

Alain de Botton
The Architecture of Happiness

图字：09-2006-612号

图书在版编目（CIP）数据

幸福的建筑 /（英）阿兰·德波顿（Alain de Botton）著；冯涛译．— 上海：上海译文出版社，2021.7
（阿兰·德波顿作品集）
书名原文：The Architecture of Happiness
ISBN 978-7-5327-8780-7

Ⅰ.①幸… Ⅱ.①阿… ②冯… Ⅲ.①随笔—作品集—英国—现代 Ⅳ.①I561.65

中国版本图书馆CIP数据核字（2021）第104361号

幸福的建筑
［英］阿兰·德波顿 著 冯 涛 译
责任编辑 / 衷雅琴 封面设计 / 观止堂_未氓 内文版式 / 高 熹

上海译文出版社有限公司出版、发行
网址：www.yiwen.com.cn
200001 上海福建中路193号
浙江新华数码印务有限公司印刷

开本 890×1240 1/32 印张 10.5 插页 5 字数 114,000
2021年7月第1版 2021年7月第1次印刷
印数：0,001—7,000册

ISBN 978-7-5327-8780-7/I·5420
定价：72.00元